捕食者系

CONTENTS

BASHOKA BASHOZOKU
PRESENTS
ILLUSTRATION BY TOUZAI

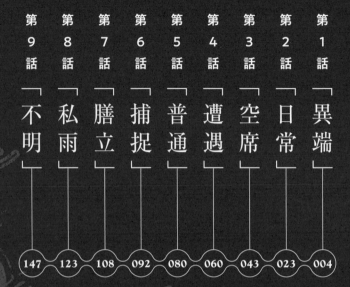

HOSHOKUSHA KEI MAHOU SHOUJO

第1話「異端」

草木も眠る丑三《うしみ》つ時《どき》。

ぺんぺん草も生えてない郊外《こうがい》の廃工場で、私は狭い夜空を見上げていた。

「ぶんぶんぶん、はちがとぶ」

ふと脳裏を過《よぎ》った歌を口ずさむ。

いまだに細い喉が奏《かな》でる声は違和感の塊なのだが、それも周囲の音に掻《か》き消《け》されて気にならなくなる。

それがどんな音かと聞かれたら、咀嚼音《そしゃくおん》と答える。

むしゃむしゃ、ぱきぱき、ぼりぼり、人によっては食欲減退待ったなし。

「なぜボヘミア民謡《みんよう》を？」

「いや、日本の歌だが？」

「正確にはチェコ・ボヘミア地方で歌われていた民謡に、詩人ホフマンが詞《し》を付けた歌です」

「へぇ」

第1話 「異端」

割とどうでもいいから、おざなりな相槌《あいづち》を打つ。

私の左肩を定位置とする自称マスコットのパートナー、拳大《こぶしだい》のハエトリグモは特に気にした様子もなく、黒曜石《こくようせき》みたいな眼《め》を向けて問う。

「歌ほど和《なご》やかな光景ではないと思いますが？」

「……せっせとハチが働いている」

黄と黒の警告色が私の周囲で忙《せわ》しなく動く。

その正体は人間大のスズメバチ、数えて二〇体。

顎《あご》と脚を器用に使って、せっせと肉団子を作っている。

材料はインクブス《淫魔》の一種、通称ゴブリン。

異世界からポータルを通って現実世界に現れた人類の、女の敵だ。

下半身で思考する肉袋で、物量作戦が得意。

そんな肉袋八〇体は五分足らずで二〇個の肉団子になった。

「一般的なウィッチであれば忌避《きひ》する光景でしょう」

慣れている私と違って、常人なら卒倒《そっとう》する光景だろう。

一般的なウィッチとは、きらきらを纏《まと》って、ふりふりしたのを着て、ステッキやらソードやらを使って華やかに戦う。

世間の言葉を借りるなら魔法少女。

それと比べ、虫をけしかけてスプラッターな光景を生み出す私は――

「一般的ではないからな」

「むぅ……私が未熟なばかりに申し訳ありません」

表情は読めないが、声色から申し訳なく思っているのは間違いない。

同期のマスコット枠に落ちこぼれと言われたことを未《いま》だに気にしているらしい。

思わず溜息《ためいき》が漏れ、腰を預けているオオムカデの頭部を静かに撫《な》でた。

「問題ない」

きらきらも、ふりふりも、戦いには全く寄与しないことが分かっている。

私の格好はフードを目深《まぶか》に被《かぶ》った鼠色《ねずみいろ》のてるてる坊主で、得物は無骨なククリナイフだけ。

空は飛べず、派手な必殺技など使えない。

ウィッチ《魔法少女》の所以《ゆえん》であるマジック《魔法》も一つしか使えない。

「それで十分だ」

廃工場の片隅を見遣《みや》れば、倒れ伏した新米ウィッチを守るハンミョウと目が合う。

今、この場にいる虫たちは、その一つしか使えないマジックで呼び出せる。

華やかな衣装や装飾《そうしょく》にエナを使っても、それは自尊心とインクブスの獣欲を高めるだけ。

どれだけ優れたアイテムやマジックがあっても、個であるウィッチには限界がある。

だから、私は個ではなく群を率《ひき》いて、個は圧殺《あっさつ》し、群と相対する。

第1話 「異端」

ウィッチは負ければ、その場で凌　辱《りょうじょく》され、苗床《なえどこ》にされる――思い出した。

「そろそろか」

視線を向けた先には、肉団子になっていない肉袋が一体。

生意気にも王冠を被り、安っぽい鎧《よろい》を身に着けている。

キングを自称する肉袋の仲間で、そこそこ体格が良い。

そんな肉袋には鮮やかなオレンジ色のコマユバチがのしかかり、腹に長い産卵管を差し込んでいた。

「……おそらく」

「不満そうだな」

「インクブスを彷彿《ほうふつ》とさせますから」

正義の味方は大変だな、などと他人事《ひとごと》な感想を抱く。

インクブスは若年女性を苗床にし、豊かなエナ――いわゆる生命力――を吸収して繁《はん》殖《しょく》する。

これを思いついた〝女神〟の死を願いつつ、私は一歩踏み込んで考えた。

インクブスは生存にエナを必要とし、身体にエナを蓄《たくわ》える。

そして、マジックで呼び出すファミリア《使い魔》もエナを必要とする。

その量次第で成長し、増殖し、進化するが、私のエナには上限がある。

ならば、インクブスを捕食させ、苗床にすればいい。

「インクブスは死に、ファミリアは増える。一石二鳥だ」

手段は似ているが、インクブスほど悪趣味じゃない。

恐怖を感じる暇もなく顎で噛《か》み砕《くだ》き、咀嚼する。

麻酔をぶち込んで昏倒《こんとう》しているうちに卵を産みつける。

少女の悲鳴が嬌声《きょうせい》に変わるのが楽しみと吐《ぬ》かした肉袋より良心的だと思うが？

「むう……」

それなりに回数をこなし、効果があると分かっても納得できないらしい。

左肩でまごまごするパートナー。

そそくさと飛び去るコマユバチ、次いで重い羽音を響かせてスズメバチの群れが離陸する。

肉袋は一つを残して肉団子にされ、持ち去られた。

インクブスの死骸《しがい》は処理を怠《おこた》るとガスを発し、吸った男性を凶暴化させる。

戦闘直後に満身創痍《まんしんそうい》で動けないウィッチが強姦《ごうかん》されるケースは少なくない。

「こ、ここは……」

完全には意識が覚醒していない肉袋が、のろのろと立ち上がった。

ようやく麻酔が切れたらしい。

多分、ククリナイフを力任せに振るうしか能がない私でも頭を割れる。

それくらい無防備だった。

第1話 「異端」

だが、殺さない。

私を見るなり、後ろへステップ――に失敗して転ぶ。

「ウ、ウィッチ！」

麻酔の影響と重心の変化が原因だ。

私はオオムカデの頭から薄い尻をどけ、肉袋を見下ろすように立つ。

右肩にククリナイフを担ぎ、身長一四六センチの身体に少しでも威圧感をもたせる。

「**我輩**《わがはい》**に、我輩に何をした！**」

だが、そんなことをせずとも、肉袋の声には未知への恐怖が滲《にじ》み出《で》ていた。

悪即斬が基本のウィッチが、こんなことをするはずがない。

他のインクブスと同じように、そう思っているようだ。

ならば、言ってやることは決まっている。

「インクブスが好きなことだ」

「**好きなこと……？**」

左肩のパートナーは片脚で頭を押さえて、やれやれと身体を揺らす。

嘘《うそ》は言っていない。

肉袋は理解できないという面で、ただ顔を顰《しか》めて睨《にら》んでくる。

いや、わざと立ち上がらず、手を後ろに隠した。

回復が早いな。

何かを企《たくら》むだけの思考力と身体の自由を取り戻している。

そうやってウィッチを不意打ちして、お持ち帰りしてきたわけか。

フードを取り払ってアイコンタクト、私を中心にオオムカデがとぐろを巻く。

「抵抗するな」

「……くっくっくっ甘いっ」

気色悪い笑いを漏らす肉袋は、後ろに隠していた手を前へ突き出す。

インクブス御用達《ごようたし》の痺《しび》れ薬《ぐすり》か媚薬《びやく》か——と思ったが、女体を模《かたど》った悪趣味なオブジェだった。

臨戦態勢のオオムカデの背を撫で、私を見下ろす黒い眼に待てと合図を送る。

「ポータルです」

「ああ」

淡々とした報告に淡々と返す。

反撃を警戒していただけに拍子《ひょうし》抜《ぬ》けだった。

「解除《リリース》！」

掲《かか》げたオブジェが禍々《まがまが》しい紅《くれない》の閃光《せんこう》を放ち、廃工場を紅《あか》一色に染め上げた。

不気味な風切り音が反響し、突如として肉袋の背後に紅い渦《うず》が生じる。

さっきの転倒が嘘のように、その渦へ軽快に駆け寄る肉袋。

「甘いぞ、ウィッチ！」

第1話　「異端」

紅い渦――異界へ通じるポータルはインクブスのエナを有する者以外を通さない。

つまり、マジックを含む攻撃の全てを受け流す。

安全を確保した肉袋は振り向き、気色悪い笑みを浮かべる。

「我輩を仕留めなかったこと必ず後悔させてやる。帰還した後、同志を集め、ここへ再び現れる！」

べらべらとよく喋《しゃべ》る。

早く逃げればいいものを。

お望み通り、ハンミョウの顎で首と胴を泣き別れさせてやろうか？

「次に会う時は、その面が快楽に染まるまでたっぷり犯してやるぞ！」

「がんばれよ」

私の声援を煽《あお》りと受け取ったらしい肉袋は顔を真《ま》っ赤《か》にしてポータルの渦に飛び込む。

お前には言ってない。

お前の腹に産みつけられた卵に言っているんだ。

すくすく育った暁《あかつき》には、お前の腹をぶち抜いて、新しいインクブスに卵を産みつけるコマユバチの。

「二度目があったインクブスはいません」

パートナーの無慈悲な言葉が肉袋の耳に届くことはない。

おそらくは、二度と。

ポータルは一瞬で消滅し、廃工場に色と夜の静寂《せいじゃく》が戻ってくる。

「今のところな」

肉袋の捨《す》て台詞《ぜりふ》を鼻で笑い、ククリナイフをシースへ差し込む。

似たような捨て台詞を残したインクブスは四四体いるが、残らずコマユバチやコバチの餌《えさ》となった。

私はポータルを潜《くぐ》れないため、孵化《ふか》した幼体の成長は見届けられないが、せっせと苗床を増やしていることは分かっている。

このままインクブスの生存圏を脅《おびや》かすまで増えてほしい。

「他のウィッチもやれば――」

「一般的なファミリアはインクブスを苗床にしません」

「……そうだな」

「捕食もしません」

食い気味に否定するなよ。

エナを自給自足して自らを強化するファミリアなんて画期的だ。

ウィッチらしくないと毛嫌いせず、もっと誇ればいいと思う。

それを言うと拗《す》ねて面倒だから言わないが。

「引き上げる」

「待ってください。まだ彼女が意識を取り戻していません」

彼女とは、言うまでもなく肉袋どもに輪姦《りんかん》されそうになっていた新米ウィッチだ。

忘れていたわけではない。

わけではないが、進んで関《かか》わりたいものじゃない。

「……起こすか」

あまり気は乗らないが。

オオムカデにとぐろを解かせ、気絶中の新米ウィッチへ足を向ける。

身の丈ほどもある一振りのソード、ふんだんにフリルを使った蒼《あお》いドレス――初めて見るウィッチだ。

暗所の戦いに慣れておらず、肉袋どもに翻弄《ほんろう》されていたところから推測するに、おそらくは成り立て。

確証はないが。

「純潔は守られたようです」

ウィッチの身体能力は高く、多少の怪我《けが》は問題視されない。

それよりも心への負荷が問題だ。

しかし、新米ウィッチのメンタルケアを担《にな》うパートナーの姿は、どこにも見当たらなかった。

未成年を戦わせている自覚があるのか？

「パートナーは？」

「残念ながら確認できません」

騎士の如《ごと》く彼女を護《まも》っていたハンミョウの頭を撫で、苛立《いらだ》ちを紛《まぎ》らわす。

その手触りは硬いが、不思議と安心する。

それから、ゆっくりとしゃがみ込んで新米ウィッチの細い肩を軽く揺する。

「起きろ」

「う、うぅ……」

眠り姫は目覚めない。

後頭部を強打されて気絶で済むのが幸か不幸か、私には分からない。

しかし、睫毛《まつげ》長いな。

整った目鼻立ち、髪も肌も艶《つや》やかで、インクブスでなくとも魅力的に思うだろう。

ぺちぺちと頬を叩《たた》くと吸いついてくるような弾力があった。

「あれ、ここは……」

ようやく開かれた碧眼《へきがん》は、私を捉え、背後から覗《のぞ》き込《こ》むハンミョウを見て、凍りつく。

悲鳴を上げる前に口を塞《ふさ》ぎ、ジェスチャーで沈黙を要求する。

「落ち着け」

無理な話だとは思う。

人間大の虫が目の前にいて平静でいられるか、という話だ。

感謝の言葉は一度もなく、救出したウィッチから攻撃されたこともある。

第1話 「異端」

もう慣れたが、だからといって良いわけではない。

「あれは私のファミリア、敵じゃない」

違和感しかないロリータボイスをできるだけ、聞き取りやすく、ゆっくりと発する。

子どもを宥《なだ》めるように──いや、子ども相手に違いはないか。

ともかく、落ち着かせる。

かちかちと顎を打ち鳴らすな、ハンミョウ。

「敵は倒した。ここは安全、いい？」

必死の形相《ぎょうそう》で頷《うなず》く新米ウィッチ。

本当に分かったのか？

信じるぞ？

私は面倒が嫌いなのだ。

ゆっくりと手を離──がっしり掴《つか》まれた!?

「あ、あなたは！」

目を新星みたいに輝かせ、ひしと手を握って離さない新米ウィッチ。

なんてパワーだ。

逃げられない。

相手がインクブスだったら、私はお終《しま》いだ。

「ウィッチナンバー13、シルバーロータス様ですか!?」

「そ、そうだが……？」

渋々肯定してみると、目の輝きが一層強くなったような気がする。

ただでさえ小恥《こっぱ》ずかしい名前に、様付けは勘弁してくれ。

二度目の人生どころか一度目ですら、そこまで敬われたことはない。

こんな手合は初めてだ。

大きな碧眼に映る銀髪の少女、つまり私は困惑していた。

次に何が飛び出すのか想像もつかない。

「私、ファンなのです！」

「は？」

「なんと」

◆

「マカロフが戻らない？」

木彫りの椅子に腰かけるライコフは、投げやりな態度で応じる。

せっかくの楽しみに水を差すなと暗に示していた。

「ポータルを解いたみたいなのだが」

住処《すみか》に招待された同志アキトフはボトルの口を舐《な》めながら補足を加える。

心配しているわけではない。

同志マカロフの遠征が長引き、退屈しているのだ。

早く新しい玩具《おもちゃ》が見たい、欲しい。

ヒト以外も嗜好品《しこうひん》として奪うインクブスゆえの退屈。

浅緑《せんりょく》の肌で、尖《とが》った耳と鼻をもった略奪者《ゴブリン》とは、そういうものだ。

両者の間にある洒落《しゃれ》た机に広げられた肴《さかな》を摘まんでライコフは言う。

「**久々にヒトの雌《めす》を捕らえて我慢できるか？**」

口元に下品な笑みを浮かべ、無理だなとアキトフは笑った。

奪ったモノが尽きる頃になって遠征へ繰り出すものだから、溜《た》まりに溜まっているのだ。

気にすることではない。そういう結論に至る。

「**待て**」

新しいボトルの口に吸いつく直前で動きを止めたアキトフの警告。

その声は、ウィッチと戦う時のように硬質なものだった。

「**どうした？**」

耳を澄ますアキトフに声を潜《ひそ》めて問うライコフ。

返答はなく、沈黙だけが返ってくる。

この耳こそがウィッチを仕留めた同志の強みと知るライコフは、辛抱強く待った。

「**悲鳴だ**」

ようやく口を開いたアキトフの言葉にライコフは若干気落ちする。

そんなものは聞き慣れているだろう、と。

マカロフは悲鳴よりもヒトの雌が出す媚《こ》びた声が好きだと言うが、そんなことはどうでもいい。

「攫《さら》ってきたヒトの雌のか？」

「いや、違う」

では、なんだというのか。

そんな非難めいた視線に首を横に振るアキトフ。

要領を得ない回答を待つより先に、ライコフは立ち上がった。

「見てきてやる」

ウィッチを捕らえた実力者が、このゴブリンの巣で何を恐れる。

そんな心持ちで扉を潜った瞬間、異常を理解した。

ヒトの街を襲った時に聞く悲鳴のコーラスが辺りを満たしている。

異なるのは、悲鳴の主《ぬし》がゴブリンであることだ。

ライコフは力自慢の同志ヤコフが必死の形相で走ってくるのを見つけた。

時折、背後を見ながら走る同志にライコフは見えていない。

「ヤコフ、どうし――」

「く、来るなぁ！」

後ろを振り返り、身構えたヤコフに空中より躍りかかる影。

優れた体躯《たいく》をもつ同志の二倍はあるそれ。

「な、なんだ……？」

六本の脚で地面と同志を捕らえる巨躯《きょく》の化け物。

漆黒《しっこく》の外骨格に覆われ、四枚の翅《はね》から重々しい羽音を奏でる。

初めて見る異形の強襲を前にしてライコフは動けない。

「やめっ」

腹に押し当てられた尻尾《しっぽ》の毒針が一瞬で同志の意識を奪う。

毒薬に高い耐性をもつインクブスを昏倒させる毒。

そんな劇物はライコフの知る限り存在しない。

「なんだ、こいつ!?」

遅れて出てきたアキトフの声に反応し、長い触角が揺れた。

深淵《しんえん》のように黒い複眼に映るゴブリン二体。

獲物から脚を離し、翅を震わせる。

そして、異様に発達した大顎を打ち鳴らした。

コマユバチの似姿《にすがた》を捨て、潤沢《じゅんたく》なエナを糧《かて》に進化したインクブスを狩る者のウォークライ。

「まさか、ファミリ――」

黒い影が過《よぎ》った瞬間、すぐ隣から肉体の砕《くだ》ける音を聞いた。
見ずとも即死、振り返りもせずライコフは部屋へ逃げ込んだ。
略奪品の家具で扉を塞ぎ、奥の部屋を目指して走る。
奪う側であって奪われる側ではないゴブリンは、手元に武器を置かない。
「くそっなんだってんだ！」
しかし、ライコフは例外だった。
捕らえて、嬲《なぶ》って、孕《はら》ませてやったウィッチの武器をトロフィーとして飾っていた。
それを使って、同志の敵《かたき》を討ってやるのだ。
最期は見届けられなかったが。
目的の部屋に辿《たど》り着《つ》いたライコフは、とある噂話《うわさばなし》を思い出す。
馬鹿馬鹿しいと一蹴した噂話を。
「ま、まさか」
曰《いわ》くそのファミリアは、インクブスを喰《く》らう。
曰くそのファミリアは、インクブスを苗床にする。
曰くそのファミリアは、こちらの世界へ侵入できる。
「ありえない、ありえない！」
大質量の体当たりで扉の粉砕される音が背後より響く。
時間稼ぎにもならない。

重い羽音が迫る中、部屋の奥へ走り、壁に掛けた目当ての武器を掴む。

簡単に心の折れてしまったウィッチの得物は、ひどく頼りない細身のソードだ。

大顎を打ち鳴らす音が響き、入口より覗く黒い眼、眼、眼。

獲物を映していながら、何一つ感情が見えない。

その無機質さは死が形を成したようだ。

ライコフは恐怖に突き動かされ、一直線に挑みかかった。

「**化け物めぇぇぇ！**」

力一杯に振るった刃《やいば》は軽々と避けられ、体勢を崩したライコフに異形のファミリアが殺到する。

声にならない悲鳴を喧《やかま》しいほどの羽音が打ち消す。

同志の血に染まった大顎は、ライコフの頭蓋《ずがい》を一撃で噛み砕き、四肢を千切《ちぎ》り――

第2話

「日常」

私には前世の記憶がある。

自称女神によって転生させられた成人男性の朧気《おぼろげ》な記憶。

他人には言えない妄言の類《たぐい》だが、それは確かに今の私――東《あずま》蓮花《れんか》という少女の内に刻まれている。

彼の記憶にある世界と今の世界に大きな差はない。

ただ一点、跋扈《ばっこ》する魑魅魍魎《ちみもうりょう》の存在を除いて――

《市内に出現したインクブスは掃討され、現在は国防軍が生存者の捜索を行っています》

リビングに置かれたテレビの画面には、ヘルメットを被《かぶ》ったリポーターが話す姿が映っている。

その背後には、朝日を浴びる国防軍の装甲車が見えた。

インクブス《淫魔》――五年前、突如襲来した異世界からの侵略者。

全身をエナで構成された邪悪な知的生命体だ。

魂の余剰あるいは生命力と言い換えられるエナを、連中は人類を捕食することで得る。

ゆえに、人類の天敵と称されている。
《一夜が明け、ここからでも激しい戦闘があったと分かります》
《これは酷《ひど》いですね》
緊迫感の欠片《かけら》もない声が流れ、カメラが立入禁止のテープより先の光景をズームする。
そこには破壊された住宅や軽自動車の残骸《ざんがい》、その周辺を調べる迷彩柄の人影があった。
インクブスは身体能力で人類を凌駕《りょうが》し、体表にエナを纏《まと》うことで高い防御力も備える。
撃破には重火器が使用され、その戦闘の余波は容易《たやす》く人の営みを壊してしまう。
《出現したインクブスはゴブリン型との事ですが、被害については入っていますか？》
《被害については確認中ですが、現在までに男性二名、女性三名が行方不明《ゆくえふめい》と――》
多様な種族が存在するが、連中には雌《めす》が存在しない。
だから、女性の胎《はら》とエナを用いて繁殖《はんしょく》する。
反吐《へど》が出る事実を再確認し、私はソファから立ち上がる。
《昨夜の戦いにはウィッチも参戦したとのことですが……》
《はい、その時の様子を捉えた映像が、こちらになります》
リモコンに伸ばしかけた手を止め、視聴者提供のテロップが付いた映像を眺める。
粗い画質だが、闇夜《あんや》を彩《いろど》る赤は見逃しようがない。
赤を基調とした絢爛《けんらん》な装束《しょうぞく》を翻《ひるがえ》し、宙を舞う可憐《かれん》な少女。

右手に持つサーベルを振るえば、紅蓮《ぐれん》の焔《ほのお》が溢《あふ》れ出《だ》して夜空を照らす。

《おお、すげぇ！》

《こんな近くでウィッチ見られるなんて！》

撮影者と思《おぼ》しき男女の興奮した声が雑音混じりに聞こえる。

インクブスと日夜戦うウィッチ《魔法少女》を、人々はアイドルのように持《も》て囃《はや》す。

内に秘めたエナを戦う力に換え、インクブスを駆逐《くちく》する人類の守護者、それがウィッチだ。

しかし、彼女たちは戦う術《すべ》を授けられた未熟な子どもに過ぎない。

この歪《いびつ》な光景が、私は心底嫌いだった。

「あの方は、コクシネアさんですね」

私の左肩に乗るハエトリグモのパートナーは、画面に映るウィッチを一瞬で判別する。

潤沢《じゅんたく》なエナを秘めた少女だけがウィッチに変身できるとパートナーは言う。

己を遣わしたオールドウィッチなる存在が、そう言っていたと。

人類の味方を自負しながら姿は見せない者の言葉に、どれだけの信が置けるものか。

《フェニックスだ！》

《ということは、ミニカトレアちゃん？》

夜空を照らす焔が、生き生きと羽ばたく鳳《おおとり》を形作る。

それは一夜限りで消える戦友、ファミリア《使い魔》。

ウィッチのエナで構成された疑似生命体であり、注がれたエナを燃やし尽くせば消滅する。

本来であれば。

「違います、コクシネアさんです！」

ぷんぷんと撮影者に抗議するパートナーは捨て置き、鳳の挙動を注視する。

大翼を広げ、燃え盛る羽根が矢となって降り注ぐ。

コクシネアは焔の矢を従え、住宅街の一角へ飛び込む。

「やはりファミリアは補助か」

「そのようですね」

あくまでファミリアは補助で、主役はウィッチ。

ファミリアにエナの供給比率を傾けている私とは逆だ。

映像が激しく揺れ、立ち上る焔が夜空を赤く染め上げた。

見る者を圧倒する光景に、騒々しい撮影者も沈黙し――

「姉ちゃん！」

元気一杯な声を聞き、私はテレビの電源を落とす。

私を姉ちゃんと呼ぶのは、この世界で一人しかいない。

血の繋《つな》がった私の実妹、東芙花《ふうか》だ。

声のする方向に振り向くと、ランドセルを背負った芙花の姿が目に入る。

長い黒髪を後ろで結い、大きな瞳を期待で輝かせている。

「準備できた！」

両手を広げて報告する姿が微笑《ほほえ》ましい。

気持ちを切り替え、鬱屈《うっくつ》とした感情は胸の奥深くへ仕舞っておく。

ソファの横に置いた鞄《かばん》を取り、リビングに忘れ物がないか見渡す。

「忘れ物はない？」

「大丈夫、声に出して確認したから！」

「そう、なら安心ね」

学校が楽しみで仕方がない様子の芙花に手を引かれ、私は頬が緩むのを感じた。

魑魅魍魎が跋扈し、年端もいかない少女が戦う世界にも、学校はある。

薄氷の平穏、その上に築いた歪な日常がある。

◆

活気に満ちた学び舎《まなびや》にも、人気《ひとけ》のない静かな場所はある。

今、私が腰かけている場所などが良い例だ。

校舎三階、閉鎖された屋上へ向かう階段の端。

私のランチタイムは、いつもここだった。

「コマユバチが羽化した、気がする」

むしゃむしゃと惣菜《そうざい》パンを頬張っている最中、唐突にファミリアからのテレパシーを受信した。

距離どころか次元すら超え、脳内に直接届く声のようなもの。

説明が非常に難しい。

「昨晩のナイトストーカーですね」

実寸大のハエトリグモに扮《ふん》したパートナーが私の頭の上から声を降らせてくる。

学校生活中は定位置の左肩にいると叩《たた》き落《お》とされる危険があるのだ。

彼女たち――複数形ならナイトストーカーズか――は別に夜以外でも活動しているが、野暮は言うまい。

「相変わらずの成長速度だな」

「そこはマジックの産物ですので」

現代の技術では解明できないマジックは、エナさえあれば大概の事象を可能にしてしまう。

つくづくインクブスのためだけに用いられて良かったと思う。

制約も多いが、人類の敵を滅ぼせる力は、人類も簡単に滅ぼせるだろう。

そんなことを考えていると頭から飛び降りてきたパートナー。

うきうきしている。

「昨晩といえば、東さん……とうとうファン第一号と会ったんですよ、私たち！」

両脚を上げて万歳をするハエトリグモに胡乱《うろん》げな視線を向けてしまう。

ただでさえ美味《うま》くない惣菜パンが不味《まず》くなる。

「……そうだな」

「む……気乗りではありませんね」

「ファンが欲しくてウィッチやっているんじゃない」

世間的に周知されている魔法少女ことウィッチ。

テレビに映る可憐な少女たちには当然のようにファンがつき、一部では宗教と化している。

負ければ苗床《なえどこ》にされる年端もいかない少女をアイドル扱い——ふざけているのか？

ファンなんて必要ない。

そんなものより彼女らを守れる大人が必要だ。

「それはそうですが……誰かに想《おも》っていただけるというのは喜ばしいことでは？」

そこに邪《よこしま》なものがなければな。

惣菜パンを牛乳で流し込みながら、捻《ひね》くれた考えを胸中に追いやる。

少なくとも昨日の、なかなか手を離してくれなかった新米ウィッチに邪なものはなかった。

困惑こそしたが、悪い気がしなかったのも認める。

だが——

「興味ない」

「むぅ……」

誰かに感謝されたくてやっているわけでもない。

自称女神の悪趣味な世界に反抗してやりたくて、やっているのだ。

そんなエゴは評価されるべきではない。

そう口を開きかけ——ファミリアからテレパシーが届く。

ここからでは見えない高度を滞空するオニヤンマからだ。

その視力の良さを存分に発揮し、ポータルを潜《くぐ》ってきたインクブスの種類と数を伝えてくる。

ライカンスロープ、数は三体。

「インクブスだ」

「出ますか？」

緊迫した空気を醸《かも》すこぢんまりしたパートナーへ首を横に振る。

空を飛べない私はファミリアを足代わりにするが、他のウィッチと違って一般人に見つかれば通報される。

よって私は参戦できない。

「人気《ひとけ》のないところへ入ったら仕掛けさせる」

「では、近くで活動中のハントレスを？」

ハントレス《女狩人》の名を頂くファミリア。

その外見はハリアリ、それもディノポネラ属に酷似《こくじ》しており、原種と同様に獰猛《どうもう》な性格をしている。

「ああ」

ライカンスロープが入り込んだ路地は、インクブスが逃げ込む候補の一つ。

だから、彼女たちの巡回路にしていた。

取り出したケータイの時間を見るに、二分後に接敵するだろう。

空になった牛乳パックを持って、私は立ち上がる。

「どちらへ？」

「昼休みが終わる」

「結果を待たれないのですか？」

高い身体能力と生命力があり、頭も切れるライカンスロープは手強《てごわ》い。

だが、今から襲いかかるハリアリは一九体を捕食した狩りの名手だ。

取り逃がさないよう別個体を向かわせるだけで事足りる。

「無理ならスズメバチをぶつけるだけだ」

「分かりました……あと、バタリオンですよ」

私はファミリアの正式名称を覚えていないため、訂正を受けることが多々ある。

ともかく、スズメバチ——バタリオンは攻守に優れており、集団で運用できる飛行可能なファミリアだ。

即応戦力としては最強格であり、投入すればインクブスは瞬《またた》く間《ま》に肉団子となる。

今回は、おそらく出番はないが。

「それに学業は疎《おろそ》かにできない」

「それは大変良い心がけとは思うのですが……」

歯切れが悪いな。

前世では疎かにしてしまったが、純粋に学べるだけの時間は貴重だ。

私の人生はウィッチ一筋で終わるわけではない。

「私としては、ご学友を作られた方が——」

「余計なお世話だ」

そんなことは分かっている。

しかし、高校に進学しても私は人との距離感を摑《つか》めないでいた。

女子としての振舞いというのが、いまだに分からない。

そのせいで、私の席には人が寄りつかず、陸の孤島のようになっている。

あの女神、よくも性別を変えてくれたな。

「そういえば東さん」

階段を降りようとする私の足を止めさせるパートナー。

たった今、思い出したという声。

嫌な予感がする。

差し出した右手の甲に飛び乗らせ、続きを促す。

「どうした?」

「ナンバーズよりお茶会のお誘いが来ていました」

またか。

げんなりした気分になる。

インクブスを見つけ次第ファミリアの血肉に変えていたら、いつの間にか勝手にナンバー13に指名され、頻繁にお誘いが来るようになった。

「パス」

「そう言うと思っていましたよ……」

残念そうなパートナーには悪いが、私は行かない。

ウィッチは実績に応じてナンバーがつけられ、上位者はナンバーズと呼称される。

一度も会ったことはないが、パートナー曰《いわ》く一騎当千《いっきとうせん》のウィッチたちらしい。

そんなところに私が出ても場違いなだけだ。

意見交換が主と言うが、私の出せる意見といえばファミリアの集団運用、暗所での奇襲戦法、友釣り作戦、苗床の作り方、エトセトラ。

——論外である。

それに出るくらいなら、五限目の微分積分に励《はげ》んだ方が生産的だろう。

◆

インクブスの多くは太陽が地平線に近づく頃、動き出す。

人影一つない廃墟《はいきょ》、その一角にある廃駅を前にして溜息《ためいき》が漏れる。

「始まっていますね」

拳大《こぶしだい》の体長に戻ったパートナーは、定位置の左肩で淡々と告げた。

遅れて鈍《にぶ》い爆発音が轟《とどろ》き、乗降場付近で粉塵《ふんじん》が舞う。

「行くぞ」

「はい」

フードを目深《まぶか》に被り、引き裂かれたフェンスの隙間を潜る。

連れてきたファミリアには狭く、金属を叩く音が何度も響いた。

その微《かす》かな異音は戦いの喧騒《けんそう》で曖昧《あいまい》になる。

「ウィッチは一名と思われます」

線路の砂利《じゃり》を踏み、放棄された車両へ近づく。

怪物と先客の戦いは苛烈《かれつ》なものだった。

鮮烈なピンクの光が瞬《またた》き、乗降場の屋根が吹き飛んで宙を舞った。

その光景を夕闇より深い影から窺《うかが》う。

「そうらしい」

空中に飛び上がった小柄な影を見る度に、前世の常識が理解を拒む。

ふりふりの衣装に身を包み、白い羽の生えたステッキを振るう少女。

ステッキの描いた軌跡に四つの光弾が浮かぶ。

「シュート《射出》！」

呼び声に応じ、光弾が加速。

眼下の敵に向かって突進、次々と炸裂《さくれつ》して粉塵を巻き上げる。

現実感のない光景——この世界では一般的となった光景だ。

マジックと呼ばれる超常の力で、人類《インクブス》の天敵を駆逐《くちく》する。

「残念だったなぁ！」

粉塵を切り裂き、漆黒《しっこく》の影が弾丸の如《ごと》く飛び出す。

昼間のライカンスロープに続き、新たに現れた個体だ。

ファミリアの報告通り、脚力に優れるらしい。

「くっ！」

迫る爪に対して、ウィッチはステッキによる防御を選ぶ。

甲高《かんだか》い金属音が反響し、小柄な影が乗降場の車両に突っ込んだ。

車体が凹《へこ》み、鈍い衝突音が耳まで届く。

第2話　「日常」

常人なら命はないだろう。

「ペルシア、立ってください！　お願いです！」

昏倒《こんとう》したウィッチの周囲を飛び回るパートナーの悲痛な声。

心を凍らせて、それを聞き流す。

漆黒の影が線路の上へ降り立った。

「**手間をかけさせるなよ**」

気怠《けだる》げな声を漏らすライカンスロープの体長は二メートル以上ある。

大物と言っていいだろう。

「**まぁ、番《つがい》は元気な方がいいか**」

舌なめずりする下劣さはインクブス共通だ。

反吐が出る。

蹂躙《じゅうりん》を待つウィッチは、相当なエナを消耗しているはず。

生物に宿る二一グラムの重み――魂から溢れたエネルギーは有限だ。

おそらく抵抗できまい。

「準備が整いました」

緊張感を纏ったパートナーの声に頷《うなず》く。

あの下劣な狼《おおかみ》は、ここで確実に仕留める。

「仕掛けるぞ」

「はい」

背後に控えるファミリアへアイコンタクトし、砂利を弾《はじ》く足音が乗降場に響き渡る。

車両の陰から線路上に出て、腰のククリナイフを抜く。

「ああ？」

視界の端に私を捉えたライカンスロープは、表情を不愉快そうに歪《ゆが》める。

お邪魔虫に対する見慣れた反応だ。

「けっ……弱い雌に用はねぇよ」

華やかさの欠片もない格好の私は、旨味《うまみ》のない獲物に映る。

加えて、出涸《でが》らしみたいなエナしか感じ取れないとなれば尚更《なおさら》だ。

それでいい。

インクブスには何一つ与えてやるものか。

「まぁ、あいつらの土産《みやげ》くらいにはなるか──」

車両の陰、ライカンスロープの死角より二対《つい》の脚が迫る。

鋭利《えいり》な大顎《おおあご》が空を切った──空中に逃れる漆黒の影。

優れた身体能力を以《もっ》てすれば、奇襲の回避は容易いか。

「ファミリア……それも虫ぃ？」

ご名答、オオムカデだよ。

眼下を駆ける長大な体躯《たいく》が、夕陽《ゆうひ》の残光を浴びて輝く。

背甲へ爪を突き立てんと落下するライカンスロープ。

「ちっ！」

それをオオムカデの最後尾にある長い脚、曳航肢《えいこうし》が殴り飛ばす。

線路上を影が転がり、砂利を巻き上げた。

原種は威嚇《いかく》のために曳航肢を振り回すが、ファミリアであるオオムカデの巨体が繰り出すスイングは武器となる。

「くそっ……ファミリア風情が」

黒毛のライカンスロープは四本の足で立ち、吐き捨てるように言う。

本来はウィッチの補助を担《にな》うファミリア《使い魔》に後《おく》れを取った。

それがインクブスは我慢ならないのだ。

ぐるりと私の周囲を回って、再び突進する重量級ファミリア。

「殺す！」

その正面へライカンスロープは四本の足を使って全力で駆ける。

大顎と爪の交錯《こうさく》は一瞬、とても目では追えない。

ただ、空中へ跳ね上がった影の狙いは分かる。

「まずは、お前からだ！」

ファミリアを使役するウィッチ《私》だ。

それは百も承知。

三歩下がって、車両との距離を調整する。

「遅いっ」

鋭利な爪が夕陽で瞬く。

勝利を確信したライカンスロープは——忽然《こつぜん》と視界から姿を消した。

まるで、マジック《手品》みたいに。

「お前がな」

視線を少し横に逸《そ》らせば、長い八本の歩脚が見えた。

車両の陰に潜《ひそ》ませていたアシダカグモだ。

徘徊性《はいかいせい》のクモ目では最大種であり、ゴキブリやハエと言った俊敏《しゅんびん》な衛生害虫を捕食する。

それを模倣《もほう》したファミリアの足元には、鋏角《きょうかく》を突き刺されたインクブスの無様な姿。

「がはっ……くっ離せぇ！」

じたばたと暴れているが、無駄な足掻《あが》きだ。

消化液の注入が始まっている。

すぐにもライカンスロープの体内は液状に分解され、捕食者に吸引されるだろう。

「や、やめがぁぁ！」

口から血泡を吹き、手を伸ばして何度も砂利を引っ掻く。

その抵抗は数秒ほど続き、やがて沈黙した。

大物だろうが、単独行動する個体は対処しやすい。

「お疲れ様でした、シルバーロータス」

パートナーから緊張感が霧散し、私もククリナイフをシースへ戻す。

「ああ」

それからアシダカグモに酷似したファミリアの食事風景を眺める。

常に奪う側と思っているインクブスには、アンブッシュが有効だ。

一仕事終えたオオムカデが長大な体で私を囲い、頭を寄せてくる。

触角で触れてくる様は撫《な》でろと催促しているようだ。

労《ねぎら》いを込め、艶《つや》やかな頭に手を――

「ば、化け物……」

少女の震える声が耳に届く。

フード越しに視線を向け、車両の横に座り込むウィッチを見遣《みや》る。

闇に沈んだ乗降場、距離もあって表情は不鮮明。

だが、見るまでもない。

彼女を支配しているのは、恐怖だ。

「シルバーロータス……」

左肩から聞こえてくる声には、沈痛な響きがあった。

これまで何度も向けられてきた視線だ。

インクブスを捕食するファミリアは、一般的ではない。
攻撃されないだけ良い方だ。
「救護の手間が省けた」
オオムカデの頭に軽く触れ、囲いを解かせる。
誤解を解くつもりはない。
いや、解く言葉を持っていない、が正確か。
異端を肯定する以上、そんな言葉など持っているはずがない。

第3話 「空席」

文明の墓標が立ち並ぶグラウンドゼロ。

国防軍とインクブスが初交戦した東京に人影は戻らず、強《したた》かな緑がコンクリートを侵食しつつあった。

そんな禁足地の一角、比較的原形をとどめるビルディングに集う者たちがいた。

「昨日、鋭爪《えいそう》のニカノルが倒されたようです」

天井の一部が抜け落ちた開放的なワンルームに、事務的な少女の声が響く。

声の主は、中央に置かれた円卓に座っていた。

金の装飾《そうしょく》が施された紅白の軍装を纏《まと》い、被《かぶ》ったクラウンが夕陽《ゆうひ》を浴びて輝く。

端整な顔立ちと無表情が相まって、まるで西洋人形のようだった。

「それは願ったり叶《かな》ったりだね。誰がやったんだい？」

その対面で人懐《ひとなつ》っこい笑みを浮かべる少女は、宙に浮いた長大なライフルに腰かけている。

黒いとんがり帽子《ぼうし》の下から覗《のぞ》く琥珀《こはく》色の瞳には、好奇の色が浮かぶ。

「ウィッチナンバー13です」

問いに対し、やはり事務的な回答が返される。

ウィッチナンバー、その名が示すように人類の守護者たるウィッチの序列。

実績と実力に応じて授けられたそれを信奉《しんぽう》する者もいれば、オールドウィッチの余興と唾棄《だき》する者もいる。

そして、この場に集った上位者のウィッチは前者から憧憬《しょうけい》を、後者から軽蔑《けいべつ》を込めて、ナンバーズと呼ばれる。

「マカロフの軍団に続いて？　圧倒的というか異常ですわね、彼女」

円卓に座る一人、白磁《はくじ》の鎧《よろい》の上に浅緑《せんりょく》のサーコートを纏ったウィッチは信《しん》じ難《がた》いという表情を隠さない。

マカロフの軍団とは、神出鬼没に現れては市民を襲い、単独のウィッチを狙う狡猾《こうかつ》なゴブリンの一団である。

ナンバーズも手を焼く相手だが、ナンバー13のテリトリーに入ったが最後、二度と姿を見ることはなかった。

キッチンの害虫に喩《たと》えられるゴブリンを、どうやって一体残らず駆逐《くちく》したのか。

「手品の種を知りたいもんだ」

ぶっきらぼうな言葉を投げるのは、崩落した壁面の頂点に腰掛けるウィッチ。

聖職者を思わせる純白の装束《しょうぞく》、そして黄金の髪が風に弄《もてあそ》ばれて揺れる。

第3話 「空席」

「ひと月の間にネームドを九体……とても一人の所業とは思えないよ」

「手札はファミリアだけって話だったか？」

「ファミリアは大勢お見かけしましたけど、ニカノルを仕留められるとは思えませんでしたわ」

鋭爪を自称するライカンスロープ、ニカノル。

ネームドと呼ばれる強力なインクブスの一体であり、四人のウィッチが返り討ちに遭っている。

生半可な能力のファミリアを揃《そろ》えても、勝てる相手ではなかった。

しかし、ナンバー13が強力なファミリアを呼び出した形跡はない。

エナの急激な増減が観測できなかったのだ。

「誰も会ったことがないから分からないね～」

円卓の隅に浮かぶ九つの蒼《あお》い焔《ほのお》、それに照らされる狐《きつね》の耳と九つの尾。

時代錯誤《さくご》な紅《くれない》の和装に身を包むウィッチは、緊張感のない声で一同に語りかける。

それに対して、頷《うなず》くなり、天を仰《あお》ぐなり、溜息《ためいき》を吐《つ》くなり、多様な反応ではあったが、お手上げという点では共通していた。

「彼女に救出されたウィッチも多くを語ろうとしません……情報が不足しています」

ナンバー10を授けられた紅白のウィッチ、ユグランスは小さく溜息を吐く。

救出されたウィッチの多くが何故《なぜ》か口を噤《つぐ》むため、ナンバー13は容姿すら不明の存在だった。

「やっぱり直接会うしかないんじゃないかな？」

他人事《ひとごと》のように言う黒きウィッチは、腰かけたライフルの銃身を撫《な》でる。

この場において最も高い序列にあるナンバー6、ダリアノワールは過度の干渉を好まない。

ゆえに、提案はしても積極的に取り組もうとはしない。

「お会いしようにもツチノコみたいな方ですわ。どうしますの？」

白磁のガントレットに覆われた指を組み、浅緑のウィッチは抜け落ちた天井を見上げる。

ダリアノワールとは対照的に、ナンバー11を戴《いただ》くプリマヴェルデは真面目《まじめ》に検討していた。

「せめて、呼び出しに応じてくれればな……まったく」

そう言ってウィッチナンバー8、ゴルトブルームは壁面の頂点からグラウンドゼロを見渡す。

数々のネームドを打ち倒しながら、ナンバー13は表舞台には決して現れない。

判明しているのは、インセクト・ファミリアを率《ひき》いる異端のウィッチであるということ。

ここに集ったナンバーズの興味は、ただ一人のウィッチに注がれている――

「あ～そういえば」

というわけでもない。

第3話　「空席」

蒼い焔を弄んでいたナンバー9、ベニヒメは呑気《のんき》な口調で別の話題を振る。

それを遮ろうとする者はいない。

ナンバー13の話題は堂々巡りして、結局進展しないからだ。

せっかく集ったのだから、生産的な情報交換をしたいとも一同は考えている。

「ナンバー4が欠席って珍しいね？」

「確かに……珍しいですわね」

プリマヴェルデの鋭い朱色の瞳が、ウィッチナンバー4の定位置を映す。

そこに身の丈ほどもあるソードを床に突き立て、背もたれとしていたウィッチの姿はない。

皆勤賞に近いナンバー4が欠席というのは珍しい話であった。

ナンバーズ全員が揃うことは滅多にないが、五人で円卓を囲うのも久々である。

「何か聞いてないのかい？」

「蓮花《れんか》を見つけた、そうです」

ユグランスより告げられた蓮花という言葉に沈黙する一同。

言葉を額面通り受け取って困惑しているわけではない。

むしろ、ストレートな表現を好むナンバー4らしからぬ婉曲《えんきょく》な表現に困惑していた。

「それって……もしかしなくても？」

「シルバーロータスを見つけたってか？」

ナンバー13ことシルバーロータス《銀の蓮花》。

蓮花と言われれば、連想されるのは彼女だった。

「分かりません。それ以上のことは何も」

「そこそこの付き合いになるけど、相変わらず読めないよね」

ナンバー4とナンバー13の関係性は不明だった。

ただ、異端のウィッチを追う彼女には鬼気迫るものがあったとダリアノワールは記憶している。

「腕は確かなんだけどな、あいつ」

ゴルトブルームの言うように実績と実力は確かだが、連帯には難があった。

残念ながら、ウィッチナンバーは人格面まで評価の対象にしていない。

一癖も二癖もある者がナンバーズに名を連ねていることは多々ある。

「あのさ～」

一癖も二癖もある者、それに該当するであろうウィッチが口を開く。

ナンバー4の話を振っておきながら、明後日《あさって》の方角を向いていたベニヒメだ。

「ここよりも私の家に集まって話さない？」

沈黙するナンバーズ。

突拍子もない提案を受け、どこか弛緩《しかん》した空気が流れる。

そんな空気を意にも介さず、ベニヒメは蒼い焔を指先で回す。

「同級生しかいないしさ〜」

「……ナンバーズの自覚ありますの？」

◆

第3話 「空席」

人との接点が少なくとも、学校生活は私を日常に戻してくれる場の一つだ。

たとえ、どこそこでインクブスを捕捉し、捕食したというテレパシーを受信しても。

ただ、今日はクラスの女子が五人も欠席していた。

インクブスの仕業とするのは早計だが、ないとも言い切れない。

平和に見える街並みの陰には、奴《やつ》らが潜んでいるかもしれないのだ。

ずっしりと重いエコバッグを肩から下げ、西日に照らされたスーパーを後にする。

「東《あずま》さんは良い主婦になれるでしょうね」

左肩に乗ったパートナーのお世辞に思わず脱力しかける。

せっかく買った夕飯の食材を落とすところだった。

特売日に買い物をする程度で良い主婦なら世は良妻で溢《あふ》れているぞ？

「口説《くど》いているのか」

「事実を言っただけですよ！」

ぺちぺちと肩を叩《たた》いて抗議するハエトリグモのパートナーを傍目《はため》に、薄暗い路地へと入り込む。
良い主婦は無駄な寄り道なんてしないだろう。
私は随分と遠回りのコースで自宅を目指している。
住宅街を散歩したいわけではない。
夕闇が空を覆う頃、人気《ひとけ》のない道を歩けば高確率で釣れるのだ——インクブスが。
「かくれんぼは終わりだ」
背後へ振り向き、誰もいないはずの空間へ言葉を投げた。
隠れているつもりなのだろうが、赤外線を視認できるファミリアには丸見えだ。
この夕陽が射《さ》し込《こ》まない路地の入口、まるで逃げ道を塞《ふさ》ぐようにいる。
「**おまえ、ウィッチか？**」
案の定、電柱の陰から姿を現したのは二足歩行のカエル。
見たままのネーミングでフロッグマンと呼ばれるインクブス。
体色を巧妙に変化させ、姿を隠して相手を背後から襲う。
その性質ゆえ発見が遅れ、犠牲者が複数出てから存在を認識されることも多々ある。
だから、時折こうして釣るのだ。
「そうだ」
虫とはまた違った感情のない目が私を凝視する。
粘つくような視線が学生服の上を、チェック柄のスカートと太腿《ふともも》辺りを行き来しているのが分かる。

気色悪い。

鼠色《ねずみいろ》のてるてる坊主に変身している時は一切浴びない視線だ。

「弱そう……ちょうどいい」

フロッグマンは用心深く、勝てると踏んだ相手しか襲わない。

ウィッチとの正面戦闘は確実に避《さ》けるインクブスだが、ちんちくりんの私はやれると思ったようだ。

路地に足を踏み入れ、じりじりと距離を縮めてくるフロッグマン。

私との間にあるマンホールの蓋が揺れたことに気づく様子はない。

「お前、孕《はら》ませ――」

前傾姿勢で飛び出す、その瞬間に黒い影が覆い被さった。

ぶちりと肉体の裂ける嫌な音。

それから、潰《つぶ》れたカエルみたいな声が聞こえてくる。

「ば、ばかなっ」

「残念だったな」

フロッグマンを貫く鋭い鋏角《きょうかく》。

血を吐きながらも逃れようと足掻《あが》くが、パワーが段違いだ。

八本の脚をもつ薄茶色のファミリア――ジグモは気にした様子もなくマンホールの中へ

引きずり込む。

「やめっ」

フロッグマンの伸ばした手はマンホールの縁《ふち》を摑《つか》み損《そこ》ねた。

ぱたんと蓋が閉じられ、路地に静寂《せいじゃく》が戻ってくる。

まるでモンスターパニック映画のワンシーンみたいな光景だった。

「お疲れ様でした」

「ああ」

どうと言うことはない。

それよりもクモ科のファミリアが活躍すると、機嫌が良くなる分かりやすいパートナー。

ウィッチらしからぬアンブッシュだったが、それでいいのか？

「やはりアンブッシュへの警戒心が薄いな」

虎の尾ならぬクモの糸、張り巡らされた受信糸に触れたが最後、そのインクブスはジグモの餌食《えじき》になる。

こういう路地に潜ませたジグモたちは、私が囮《おとり》をせずとも結構な頻度で餌《えさ》にありつく。

「情報を持ち帰るインクブスがいないからでは？」

与えてよい情報、そうでない情報。

ジグモのアンブッシュは後者に当たるため、目撃したインクブスは確実に息の根を止めている。

対策されていないところを見るに、その効果が出ているのかもしれない。

だが、今のフロッグマンが出方を窺《うかが》うための捨石でないと誰が言える?

「だとしても、ここまで容易《たやす》いと不安になる」

「であるなら、安心できるまで策を考え続けるしかありませんね」

左肩に乗るパートナーは当然のように言い切った。

この二度目の人生が終わるまで、あるいはインクブスが滅びる日まで、安心できる日は訪れないだろう。

際限のない話だ。

それでも考え続けなければならない。

「当然だ」

私自身のために。

世界のため、人々のため、ウィッチのため、などと大言壮語を言えるほど私は強くない。

だからこそ、一切合切の躊躇《ちゅうちょ》なく、あらゆる手段を用いて、インクブスを屠《ほふ》る。

「手始めに、囮作戦は今後やめる」

「誘引するまでに時間がかかりますからね……」

しゅんと縮こまるハエトリグモのパートナー。

別にジグモをお払い箱にしようというわけではないのだが。

「別の作戦を考えればいい」

「あっ……そうですね！」

溌剌《はつらつ》とした声が返ってきて、思わず苦笑する。

さて、次は誘い込みではなく、追い込んでみるか？

アンブッシュが得意なファミリアは他に何がいただろうか？

真っ先に思いつくのは、カマキリだが――

「東さん」

「ん？」

夕飯の献立《こんだて》を練るように次の作戦を考える私に、パートナーが声をかける。

その声色は、シルバーロータスではなく東蓮花と話す時のものだった。

「夕飯は何を作られる予定なのですか？」

それなら既に決まっている。

「肉じゃが」

「家庭的ですね」

今度は家庭的と来たか。

レシピを見れば誰でもできる煮込み料理だ。

味を染み込ませる時間があるか、ケータイの画面を確認する。

そろそろ遊びに出かけた芙花《ふうか》が戻る時刻だった。

次の作戦も大事だが、優先順位は下だ。

第3話 「空席」

しっかりと左肩にしがみつくパートナーを確認し、薄暗い路地から自宅へ向かって駆ける。

「分かりました！」

「少し走るぞ」


道中、子連れの主婦とすれ違うが、特に路地を気にする事もなく去っていった。

誰も足元に巨大なジグモが潜んでいるとは思わないだろう。

徐々に闇の深まる街からは人影が減り、人工の光が灯《とも》っていく。

まだ夜には早いが、人はインクブスの影を恐れる。

「見えてきましたね……おや？」

我が家を視界に収めた時、パートナーが間の抜けた声を出す。

玄関の前には、小さな人影があった。

人数は三人、一人は長い黒髪と無邪気な声から芙花だと分かる。

残る少年二人は友達だろうか？

「あ！」

足音に振り向いた芙花は、輝くような笑みを浮かべた。

底抜けに明るく、笑顔を絶やさない自慢の妹だ。

「おかえり、姉ちゃん！」

「ただいま」

その真っすぐで、元気に満ちた声は、いつも私を日常へ引き戻してくれる。

肩の力を抜き、芙花の友達と思われる二人へ視線を向けると、慌てて頭を下げられた。

礼儀正しい子たちだ。

それだけで心穏やかな気分になる。

「こんにちは」

「ど、どうも」

視線を泳《およ》がす角刈りの少年は、頭を掻きながら私の様子を窺う。

日焼けした肌を見るに、何かスポーツをしているのだろうか？

「……こんにちは」

その隣に立つ少年は、眼鏡《めがね》のブリッジを上げてから挨拶を返してくれた。

芙花の交友関係は広く、男子と一緒になって遊ぶことも多々ある。

私には真似《まね》できない、芙花の良いところだ。

「二人は芙花のお友達？」

「うん！　私一人じゃ危ないからって付いてきたの！」

胸を張って答える芙花が微笑《ほほえ》ましくて、思わず頬が緩む。

芙花は聡《さと》い子で、危険な探検や道草を避け、必ず大人の視線が届く場所で遊ぶ。

だから、二人が付いてきた理由は別にあると見たが、野暮は言うまい。

「最近、またインクブスが出たってテレビで見たんで……」

第3話 「空席」

「芙花さん一人じゃ心配だったんです」

立派な心掛けだ。

少しばかり屈《かが》み、緊張した面持ちの少年たちと目線を合わせる。

子どもと話す時は見下ろしたくない。

「さすが、男の子だね」

そう言って、少しばかり口角を上げてみせる。

笑うのは苦手だが、その拙《つたな》さに少年たちは気が付かなかったようだ。

ただ、ぼんやりと私を見上げていた。

「芙花と一緒にいてくれて、ありがとう」

吐いた言葉の空虚さに、笑顔の仮面が崩れそうになる。

五年前なら手放しに褒められただろう。

今日《こんにち》、人々が恐れるのは不審者ではなく悪辣《あくらつ》な怪物だった。

本来なら、この子たちも早く帰らせるべきだが——

「何かお礼をしてあげたいところだけど……」

玄関の方向を見遣《みや》り、私は思案する。

せっかく来てくれた芙花の友達を、すぐ追い返すのは気が引けた。

彼らの家が遠くなければ、買ってきた野菜ジュースを出す時間くらいはあるはずだ。

「いえいえ、そんな、お礼なんてっ」

「俺らも帰らないといけないんで！」

慌てて距離を取った二人は、捲《まく》し立《た》てるように早口で言う。

その必死さに思わず目を丸くしてしまう。

そこまで慌てなくても——もしかして、怖がられている？

そんなはずはない、と言い切れないのが私だ。

「東、また明日な！」

「さようならっ」

夕陽に照らされ、赤い顔をした二人は声を張り上げた。

そのまま手を振って、大急ぎで路地を駆けていく。

「うん、また明日」

そんな二人の背中を、芙花と一緒に見送る。

今は初夏だが、子どもは風の子という諺《ことわざ》が脳裏を過《よぎ》る景色だった。

「二人とも気を付けて帰ってね」

「は、はい！」

私が声をかけると、二人は逃げるように曲がり角へ飛び込んでしまった。

その姿に微笑ましさと同時に物寂しさも覚える。

芙花と同い年の子にまで避けられるとはな。

「姉ちゃん」

「何？」

私を見上げる芙花は半眼で、何とも言えない表情を浮かべている。

言いたいことは、分かっているつもりだ。

自然体で接したつもりだったが、やはり表情が硬かった――

「……マショウの女だね」

思わぬ言葉が口から飛び出し、私は硬直する。

魔性の女だと？

誰だ、そんな言葉を芙花に教えたのは？

「誰から聞いたの、それ」

頬が引《ひ》き攣《つ》らないよう意識しつつ、芙花に問いかける。

耳年増《みみどしま》な犯人について聞き出す必要があった。

左肩で小刻みに震えているハエトリグモは、後で小突く。

第4話

「遭遇」

——どうしてこうなった？

インクブス発見のテレパシーを受信した私は、深夜にもかかわらず旧首都圏へと出向いていた。

発見したインクブスはライカンスロープが一四体。

発見者のカマキリが反射的に捕食した結果、近場のショッピングモールへ逃げ込んだ。恐慌《きょうこう》に陥って群れが散り散りにならなかっただけ良しとし、私はショッピングモールへと向かった。

向かったのだが——その道中で思わぬ先客と遭遇したのだ。

「まさかシルバーロータス様とご一緒できるなんて！」

つい先日、出会ったばかりの蒼《あお》いウィッチが私の隣で目を輝かせて歩いている。

彼女の名は、アズールノヴァ。

パートナー不在という例外中の例外であり、シルバーロータスこと私のファンというウィッチだ。

第4話「遭遇」

「様付けはやめてくれ」

「では、なんとお呼びすれば……」

「そのまま呼べば――」

「それはできません！」

様付けされるようなウィッチじゃないぞ、私は。

肩書はナンバー13だが、自信があるのはインクブスを屠《ほふ》った数くらいだ。

ネームドと呼ばれる強力なインクブスは仕留めたことがない。

「誰かと肩を並べて戦う日が来ようとは……か、感無量です」

もしも涙腺《るいせん》があったなら感涙に咽《むせ》いでいるであろうパートナー。

ライカンスロープを追跡していたという彼女と出会ってから、ずっとはしゃいでいる。

「か、肩を並べるなんて、そんな！」

私は別に手の届かないアイドルでも何でもないぞ。

本当に、どうしてこうなった？

経緯は分かっている。

私の見立て通り、先日が初戦闘だったアズールノヴァは、旧首都までインクブスを追う行動力の持ち主だった。

そこでやんわりと無謀な行動を控えるように促したところ、いつの間にか同行する運びとなっていた。

意味は分からないな。

「胸を張ってください、アズールノヴァさん。あなたは立派なウィッチですよ!」

この事態を招いた主犯はうきうきで頭が痛くなってきた。

今日は新米が一人や二人いてもリカバリーできる重量級ファミリア——フタマタクワガタとヒラタクワガタ——を連れてきている。

だが、しかし、である。

「私が保証します!」

「不安になるな」

「な、なぜですか!?」

パートナーの情けない声に多少、溜飲《りゅういん》が下がる。

鈴を転がすような声で笑うアズールノヴァは、道路に穿《うが》たれたクレーターを軽やかに飛び越えた。

そして、迂回《うかい》する気だった私に差し出される細い手。

「どうぞ、シルバーロータス様」

リードされるのは気恥ずかしいが、他人の善意を蔑《ないがし》ろにはできない。

意を決して飛ぶと想像より強い力で抱きとめられる。

「ありがとう」

「はい!」

第4話 「遭遇」

眩《まぶ》しい笑顔だった。

こんな場所には不釣り合いなくらいに。

ウィッチの姿をしている時、ここまで純粋な善意を受けたことがない。

慣れない感覚だ。

「照れてますね？」

「落とすぞ」

わたわたと慌てて左肩にしがみつくハエトリグモを傍目《はため》に、再び足を前へ進める。

国防軍とインクブスが熾烈《しれつ》な戦闘を行った痕跡《こんせき》が数多く残る旧首都圏は酷道《こくどう》しかない。

世界各地の人口密集地に出現したインクブスの軍勢、これと各国の軍隊は交戦。

身体能力が人間を上回るインクブスも戦車砲やスマート爆弾を前に消し炭となったが、
それは人々の住まう街も破壊した。

ウィッチが現れる前の話だ。

「目的地が見えてきましたよ」

「ああ」

戦いを前にして緊張感を帯びた声へ変わるパートナーへ頷《うなず》く。

酷道に面する件《くだん》のショッピングモールは大きな破壊を免れて原形を留《とど》めていた。

月光の射し込まない屋内は深い闇が支配し、私の目では見通せない。

だが、放った斥候《せっこう》はインクブスどもを捉えている。

問題ない。

「あのっ」

「どうした？」

「私、がんばります！」

年端もいかない少女が、勇気を振り絞って戦う。

それが私には、ひどく不健全に思えて仕方ない。

この世界の常識は、私にとって非常識だ。

「……そんな肩肘《かたひじ》を張らなくていい」

気休めにしかならない台詞《せりふ》を吐きながら、私はシースからククリナイフを抜く。

滅多に振ることはないが、それでも素振りして重心を確かめる。

そんなことをしている私の隣で、アズールノヴァは右手を夜空へ伸ばし——

「リリース《解除》！」

世界の色が反転したかと思えば、ウィッチの右手には当然のように得物が収まっている。

主の息遣いに合わせて、ぼんやりと蒼く光る鋭い刃《やいば》。

その身の丈ほどもあるソードを振り下ろすと燐光《りんこう》が散り、風が頬を撫《な》でる。

「わぁぁ……」

戦闘態勢に入るウィッチ——私もウィッチだが——が見せるマジックに語彙力《ごいりょく》を失うパートナー。

第4話　「遭遇」

アズールノヴァ《蒼き新星》の名が示すように、蒼い輝きが灰色の旧首都を照らしている。

隣に私がいると、より輝きが際立つ。

「奇襲は無理か……」

「え？」

「行くぞ」

「行きましょう！」

正面から踏み込んで叩《たた》き潰《つぶ》す算段だったのだ。

問題あるまい。

一人と二体を引き連れ、閑散《かんさん》としたエントランスへ入る。

見渡す限り広がる闇の中、ガラス片を踏《ふ》み砕《くだ》く音が反響して聞こえる。

ショッピングモール内に潜むライカンスロープの位置は斥候のゲジが正確に捕捉していた。

私たちの接近を察知して店内へと散ったようだが、無意味だ。

地に足をつき、大気を体で切れば、その微細な振動をゲジは捉える。

「来るぞ」

近づいてくる足音、荒々しい息遣い、風切り音。

逐一《ちくいち》飛んでくるテレパシーに集中すれば、暗闇であってもインクブスは見える。

「はい！」

重量級ファミリアの床を踏む硬い音に混じって、かつりとヒールの立てる雅《みやび》な音。

左右の闇より現れるライカンスロープ。

出迎えたのは、大顎《おおあご》と刃だった。

「な、なに――」

大顎が一息に閉じられ、筋繊維と骨の切断される音がエントランスに響き渡る。

驚愕《きょうがく》を滲《にじ》ませた最期の言葉。

おそらくはフタマタクワガタを鈍重なファミリアと侮ったのだろうが、見た目より機敏に動く。

そして、長い大顎はインクブスを容易《たやす》く両断できる。

「アズールノヴァさん、お見事です！」

体を乗り出すパートナーを左手で支えつつ、転がってきた狼《おおかみ》の頭を避ける。

視線を向けた先では、蒼い燐光の舞う中でソードを振り抜いているアズールノヴァの後ろ姿。

見事なものだ。

これが二度目の戦いとは思えない太刀筋《たちすじ》だった。

隣でヒラタクワガタが所在なさげに大顎を開け閉めさせている。

「む……打って出てくるようです」

「手間が省けた」

第4話「遭遇」

正面から四体、左右から七体。

こちらを扇状に囲む形で近づいてくる。

既に仲間を三体も殺した相手の前に、のこのこ出てくるとは驚いた。

「ようやくウィッチが来たか。ニカノルを殺《や》った奴《やつ》では……ないな」

正面にいるライカンスロープが聞き取り辛《づら》い声で喋《しゃべ》る。

体躯《たいく》は平均的だが、最初に口を開いたところを見るに群れのボスと目星を付ける。

最優先で潰すのは、こいつだ。

それで群れは崩壊するだろう。

「蒼いのは及第点といったところか」

「チビは若い奴の練習に使っていいだろ？」

並び立つライカンスロープがインクブスお得意の下品な口を披露してくれる。

相変わらず品性下劣だな。

思わず溜息《ためいき》が漏れる。

「壊すなよ、ネス――」

すべて言い切る前に、蒼い燐光が視界の端で舞った。

次の瞬間、爆発音がショッピングモールを駆け抜け、遅れて粉塵《ふんじん》が舞い上がる。

音源は、ボスらしきライカンスロープがいた床面。

突き立っているのは期待の新星、アズールノヴァの得物だった。

「アズールノヴァさん!?」

無言で引き抜かれたソードは蒼い残像を残し、インクブスを追う。

舞い散る燐光のおかげで軌跡を目で追えるが、その太刀筋は怒濤《どとう》としか表現できない苛《か》烈《れつ》さ。

並のインクブスならミンチになっている。

インクブスの低俗な挨拶で頭に血が上ったのか？

予想外だ。

もう少し戦力を推し量ってから仕掛けるつもりだったが、予定を繰り上げる。

手始めに、立《た》ち塞《ふさ》がるライカンスロープどもを潰す。

「お楽しみの邪魔すんなよ、虫けら」

吐き捨てるように言い放った品性下劣なライカンスロープ。

態度も大きいが、体躯も一回り大きく見える。

それ以外、特筆する点はない。

「虫けらとは……失礼なインクブスですね」

「弁《わきま》えたインクブスがいたか？」

その虫けらに仲間が食われたことを忘れる頭に何を期待する？

そもそもインクブスに礼節など求めていない。

求めるものがあるとすれば、その体に蓄《たくわ》えたエナくらいだ。

第4話 「遭遇」

「とっと潰すか」

「同感だな」

激しく斬り結んでいるアズールノヴァの実力には舌を巻くが、いつ崩れるか分からない。

予定を繰り上げて呼び寄せたゲジ七体は、もう目と鼻の先まで来ている。

しかし、このライカンスロープども。

狼の頭をしている割に鈍《にぶ》い鼻だ。

「なっ!? 背後に――」

背後から迫るゲジに勘づいた左手側の一体は、突進してきたフタマタクワガタに両断される。

「しまっうわぁぁぁぁ!」

長い大顎を避けるも、床に引き倒されて陳列棚の奥へ引きずられていくライカンスロープ。

ゲジの顎肢《がくし》に捕まれば、神経毒を注入されて抵抗もままならず捕食される。

どちらに捕まっても等しく死が与えられるだろう。

「くそが! ウィッチをやるぞ!」

「お、おう!」

その判断は正しいぞ、ビッグマウス《大口叩き》。

フードを取り払って、傍《かたわ》らに佇《たたず》むヒラタクワガタへアイコンタクトを送る。

獲物をアズールノヴァに斬り捨てられた漆黒《しっこく》のファミリアが動く。

「はっ鈍《のろ》いんだよ！」

それを見るなり猛進してきたビッグマウスの繰り出す拳《こぶし》は人間相手なら致死の一撃。

だが、外骨格を砕くにも、その内を揺らすにも、威力不足だ。

彼は歯牙《しが》にもかけていない――わけではない。

「ネストル、下がれ！」

「ちっ！」

開かれた大顎を前に誘われたことを悟り、飛《と》び退《の》くビッグマウス。

遅れて空間が切り裂かれる。

獲物が下がるなり即座に突撃し、ヒラタクワガタは間合を詰める。

「こっちだ！」

「目を狙え！」

左右へ回り込もうとする二体のライカンスロープ。

その一切を無視し、眼前の相手を追い立て――勢いを殺さず放たれる大顎のスイングが無作法者を襲う。

「速いっ!?」

間一髪で後方へ身を投げ、ライカンスロープは質量攻撃を避ける。

「加勢は不要ですね」

インクブス三体が徒党を組んでも勝機はない。

激しいようで冷静に戦いを進める生粋《きっすい》のインファイターに加勢は邪魔でしかないだろう。

「ああ」

ゆっくりと後退《あとずさ》る黒い巨躯《きょく》。

間合を仕切り直すような挙動にライカンスロープどもは息継ぎを合わせた。

合わせてしまった。

「フェイント!?」

刹那《せつな》、風切り音が響き、漆黒の大顎はライカンスロープの一体を捕らえていた。

「た、助けてくれ！」

仲間の声に釣られて不用意に飛び出したライカンスロープ。

その眼前に飛んできたのは鋼鉄もかくやという漆黒の外骨格だ。

振り抜かれた大顎の直撃で、くの字に折れた人影が陳列棚に突っ込む。

「この虫けらめがぁ！」

「ぎゃぁあぁぁ――」

勇ましく吠《ほ》える狼の眼前で仲間は真っ二つにされた。

一撃で終われるだけありがたいと思え。

「また虫けらって言いましたよ、あのインクブス」

平静そうで多分に怒気を孕《はら》んだ声が左肩から聞こえた。

ウィッチらしくないマジックを毛嫌いしながら、それで呼び出したファミリアまでは嫌いになれず、むしろ誇りにすら思っている私のパートナー。

難儀な性格だ、まったく。

虫けら呼ばわりが不愉快なのは私も同感だが。

「訂正が欲しい相手か？」

「いいえ、まったく」

ぴしゃりと言い切る。

なら、床にぶち撒《ま》けられた血と臓物《ぞうもつ》の仲間に入れてやるとしよう。

この場で生きているインクブスは、二体だけ。

ゲジに囲われたリングで、戦意旺盛《せんいおうせい》なヒラタクワガタと相対するビッグマウスと——

「な、なんだ、このエナは!?」

期待の新星、アズールノヴァとボスらしきライカンスロープとの戦いも佳境《かきょう》を迎えつつあるようだ。

彼女が迸《ほとばし》らせる蒼い燐光の量は、まるで宇治川の蛍火のようになっている。

あの燐光、マジックの副産物かと思ったが、可視化されたエナだ。

「二三五番を限定解放——イグニッション《点火》」

囁《ささや》くような声が耳を撫で、床へ這《は》うように構えられた刃が蒼を超え、銀に輝き出す。

生物に宿る二一グラムの重みから溢《あふ》れ出《で》たエネルギー、本来は不可視であるはずのエナ。

それが可視化するということは、相当な濃度で放射されている。

「このエナは……くそ！」

驚愕を敵愾心《てきがいしん》で塗り潰したライカンスロープは一陣の風となって突進する。

それより速く振り抜かれたソード。

放射されたエナが主の眼前に広がる空間を根こそぎ吹き飛ばす。

「化け物が――」

回避不能の光帯に飛び込んだインクブスは、跡形も残らず消滅した。

可視化するほどの濃度のエナの激流をインクブスに浴びせる。

高圧洗浄機で豆腐を洗うようなものだ。

「必殺技か」

そんな呟《つぶや》きは吹き荒れる暴風に飲み込まれる。

必殺技の余波は凄《すさ》まじく、ショッピングモール内は巻き上げられた粉塵《ふんじん》で何も見えなくなる。

このタイミングを見逃すインクブスは、いない。

「こちらへ向かって来ます！」

「分かっている」

ファミリアのテレパシーに耳を傾け、それに応《こた》える。

ただ斜め後ろへ三歩下がって彼へ道を譲ってやるだけでいい。

第4話 「遭遇」

肉薄してきたライカンスロープが間合に入る——舞う粉塵を切り裂き、フタマタクワガタの大顎がインクブスを両断せんと飛び出す。

「ちぃっ！」

間一髪で拳を繰り出すのを中断し、低姿勢になって大顎から逃れる。

四足歩行の姿勢でエントランスを飛び出していく様は、ただの狼だった。

「む……逃げるようですね」

「どうかな」

尻尾《しっぽ》を巻いて逃げるならポータルへ一直線のはず。

あのビッグマウスは、わざわざ店外へ飛び出した。

まだ戦意は失っていないと見るべきだ。

月明かりを目指してエントランスより出る。

「満月だったとはな……覚悟はいいか、ウィッチ！」

駐車場の真ん中に佇む影。

両手を大きく広げ、天から射す月光を一身に浴びようとしている。

満月の下でエナを活性化させて自身を強化する、ライカンスロープと呼ばれる所以《ゆえん》だ。

それを披露する時間があると思っているのか？

「豪腕のネストルの真価を——」

「いや、終わりだ」

呆気《あっけ》にとられるビッグマウス。

その足下には、空から注ぐ月光によって奇妙な影が伸びていた。

細長い棒と棒を組み合わせたアスレチック遊具のような影。

ここに逃げ込む前は——いなかった。

折れ曲がって交差する二本の照明灯、そこに四本の脚を引っかけ、微動だにしないカマキリ《死神》。

その存在を認識したビッグマウスは飛び退こうと足を曲げた。

しかし、それでは遅い。

「ぐぁっ!?」

私の目では追えない速度で振るわれた前脚は、一瞬で獲物を捕獲した。

二メートル近いインクブスを子どものように軽々と持ち上げ、カマキリは宵闇《よいやみ》に染まった眼で無感動に見つめる。

「は、離せぇぇ！」

全身の毛を逆立てたビッグマウスは、でたらめに暴れるが逃れられない。

虫けらと侮った代償は、その身で払え。

ばきり——狼の牙が可愛《かわい》く見える大顎が断末魔《だんまつま》の叫びごと頭を齧《かじ》った。

頭を失ったインクブスの体は痙攣《けいれん》していたが、やがて動かなくなる。

「お疲れ様でした」

「ああ」

咀嚼音《そしやくおん》だけが深夜のゴーストタウンに響き渡る。

鼻どころか目まで悪かった狼の末路だ。

見慣れた光景を視界に収めながら、ショッピングモールの床にぶち撒けた元インクブスの処理を考え――

「逃げたライカンスロープはっ……あ」

「あ……」

息を切らして飛び出してきたアズールノヴァは、現在進行形で食事に勤《いそ》しむカマキリを捉えて固まる。

今日は同行者がいたことを失念していた。

こんな食事風景、トラウマものだ。

しかし、フォローの言葉が思いつかない。

「だ、大丈夫か？」

「……すごい」

大丈夫なわけが――なんだって？

「インクブスの逃走を先読みされていたんですね!?」

ひしと手を摑《つか》んで、きらきらと目を輝かせるアズールノヴァ。

予想外の反応に面食らう。

いくらファンだと言っても、このスプラッターな光景を許容できるものなのか？

それに、先読みなんて大層なことはしていない。

私は堅実な作戦を選んだだけだ。

「そんな大層なものじゃない」

なんとか手を解かせ、私はショッピングモールの外観へ視線を向ける。

緑が侵食しつつある壁面や屋根を気ままに闊歩《かつぽ》するカマキリ。

い、い、い、い、
見えるだけでも四体。

「初めから包囲させていた」

「あ、そう、だったんですね……」

初めからと聞いて、驚きの表情を浮かべたかと思うと長い睫毛《まつげ》が伏せられる。

そこで私は気が付いた。

具体的な作戦も戦術も彼女に教えていなかった。

そんなこと考えもしなかった。

今の今までファミリアと戦ってきて、ウィッチとの連帯など——それは言い訳だ。

何も聞かされず戦いに飛び込まされるのが、どれだけ不安か私は知っているはずだ。

今回が二度目の彼女なら尚更《なおさら》だろう。

「すまない」

「い、いいえ！　私も一人で突っ走ってしまって……すみませんでした」

第4話 「遭遇」

頭を下げると相手も頭を下げて、気まずい空気が流れる。

どうしろというのだ。

傍らで月光を浴びる重量級ファミリアは無表情だが、嘆息《たんそく》しているように見えた。

「そ、それにしてもアズールノヴァさん、見事な太刀筋でしたね！」

左肩で溌剌《はつらつ》とした声を発したパートナーがちらちらと私を見てくる。

強引な話題転換を試みようというのだ。

できるハエトリグモの助け舟、乗らせてもらう。

「そうだな。助かった」

嘘《うそ》ではない。

ライカンスロープの群れを相手取る手間が省けたのは大きい。

床下に潜伏させていたケラも、待機していたスズメバチも、どちらも出さずに済んだ。

私を見る碧眼《へきがん》を真っすぐ見返して、はっきりと言う。

アズールノヴァは――

「あ……」

目を見開いてから、頬を微《かす》かに染めて破顔した。

「ありがとうございます」

そんな純粋《じゅんすい》無垢《むく》の眩しい笑顔から逃げるようにフードを被る。

私にアイドルなど到底、無理だ。

第5話

「普通」

「うおぉ……すげぇ！」

「今の新しい技かな？」

「最近、よく使うようになったね」

すぐ前の席に集まった男子のグループが、ケータイの画面を熱心に見つめていた。

画面内では激しい閃光《せんこう》が瞬《またた》いて、一人の少女が姿を現す。

純白の装束《しょうぞく》を翻《ひるがえ》し、自身の三倍はあろうかという巨人と相対する。

ゲームのキャラクターではない。

画面の下を流れるテロップは、『今週のウィッチ』となっていた。

「やっぱかっけぇな……しかも可愛《かわい》いし」

巨人の重い一撃を浮遊する装甲板で滑らせ、隙を晒《さら》した横腹にメイスを振り抜く。

渾身《こんしん》のスイングで天高く打ち上げ——突如、ウィッチの背に出現する黒鉄《くろがね》の大砲。

マジックで生み出した三門が火を噴き、インクブスは為《な》す術《すべ》もなく空中で爆散《ばくさん》する。

睡眠不足の目には堪《こた》える光だった。

第5話　「普通」

「……ゴルトブルーム、推せるわ」

「聖女みたいな見た目なのに、要塞《ようさい》って二つ名がいいよね」

無責任な言葉を聞き流し、ぼんやりとウィッチの姿を眺める。

見目麗《みめうるわ》しい容姿と華麗な立ち回りで人々を魅了する人類の守護者。

市街地で被害を抑え、単独で巨躯《きょく》のインクブスを駆逐《くちく》する点で相当な実力者だ。

逆立ちしても、私には真似《まね》できない。

「あ、次……物理じゃね？」

「うわ、本当だ」

「田中～物理の宿題やってある？」

男子の興味が画面から外れるのを見て、私は机に突っ伏す。

本来、覗《のぞ》き見《み》なんてするものじゃない。

視界が暗くなり、急激に眠気が襲ってくる。

「東《あずま》さん、大丈夫ですか？」

突っ伏した机の端に置かれたペンケースから顔を覗かせるパートナー。

いかなる時もウィッチが活動できるよう近くにいるのだ。

だが、その声に答えることはできない。

「次の物理だりぃ……」

「宮野の授業は内職できねぇからな」

三限目の化学が終わり、訪れた休憩時間の今。

ペンケースへ話しかける痛い人物にはなれなかった。

だから、半眼を向けて睡眠不足を伝える。

「授業をお休みするわけには……いかないですよね」

世で活躍するウィッチは、まだ義務教育の課程にいる年齢だ。

豊かなエナをもち、ある程度の自己判断ができ、インクブスを悪と断ずる常識がある。

そして、この国は教育を放棄していない。

深夜にインクブスを狩ろうとも授業はある。

「昨夜は後始末に手間取りましたし、本当にお疲れ様です」

床にぶち撒《ま》けた元インクブスが想像よりも散らばっており、回収に手間取った。

加えて作業を手伝うと言い出したアズールノヴァの説得だ。

応援で呼んだヤマアリの一団が困惑していたのを覚えている。

自分の半身ほどもあるヤマアリを全く恐れず仕事を代わろうとするのだ、彼女。

「イレギュラーだな……」

「なんです?」

きょとんと首を傾《かし》げるハエトリグモ。

これくらいの大きさなら恐怖を感じない人も多いだろう。

「わ、おい！」

第5話 「普通」

「ハチだ」

「え、やだやだ」

「ちょっと誰か追い払ってよ！」

しかし、私が連れているファミリアは一般人が見れば卒倒《そっとう》することもある大きさ。

食事風景を見ようものならトラウマ待ったなしだ。

アズールノヴァはちょっと、かなり、変わった少女なのは間違いない。

「なにやら騒がしいですね」

いつものことだろう。

突っ伏したままで詳細は分からないが、芸能人——主にウィッチ——の話や流行《はや》りのファッション、誰かの色恋沙汰《いろこいざた》と話題には事欠かないのだ。

残念ながら私はついていけないが。

「スズメバチだぞ！」

「おーい、窓開けろ」

「刺激しないほうが……」

「おや、コガタスズメバチがいらっしゃったようです」

オオスズメバチとそっくりなコガタスズメバチを一瞬で判別できるところに感心する。

大きさ次第では見分けるのが難しいスズメバチだぞ。

「現在、教室上空を旋回中……ほうきで撃退を試みる模様です！」

突如、現場実況を始めたパートナー。

教室の喧騒《けんそう》を聞き流しながら思うのは、やはり虫は一般的に嫌われ者であるということ。

その理由は眼であったり、脚の数であったり、卵であったり、毒であったり、多種多様だ。

だから、なんだという話だが——だめだ、思考がまとまらない。

やはり、睡眠不足はまずい。

ファミリアからのテレパシーに正しく応《こた》えられる自信がない。

昼休みの時間は仮眠に充てよう。

「あ！　東さん、こちらへ来ますよ」

「は？」

ちょっと待て、なんだと？

ペンケースの中へ避難するパートナーは実況を放棄した。

隠せてない腹部を引っ張るぞ。

「お、おーい、東さん」

「東さん、逃げて～」

クラスメイトの遠慮がちな声が聞こえる。

視線が集まっていると嫌でも分かった。

普段聞いているファミリアのスズメバチとは比べ物にならないほど可愛らしい羽音。

第5話 「普通」

顔を上げると、ちょうど追い立てられてきたコガタスズメバチと対面する。

普通であれば逃げる――までもないな。

コガタスズメバチは大人しい性格で、巣を刺激さえしなければ積極的に攻撃してこない。

なんとなく人差し指を伸ばしてみる。

私のファミリアじゃない。

ただの気まぐれだった。

「うそでしょ」

「スズメバチを止まらせちゃったよ……」

これ幸《さいわ》いと言わんばかりに指先で翅《はね》を休めるコガタスズメバチ。

相変わらず表情は読めないが、安心しているように見えた。

席を立ち、開けられた窓へ向かう。

ほうきを持った男子を下がらせ、グラウンドが見える窓から手を出す。

「行け」

言葉の分かるはずがないコガタスズメバチは、ふわりと浮き上がって青空へ飛び去った。

寝不足の眼には厳しい陽光から目を逸《そ》らし、私は向けられた視線の多さに固まる。

内訳は好奇が八割、嫌悪が二割。

「す、すげぇな」

ほうきを握っていた男子が心底驚いた声色で言った。

名前は小森、いや中森だったか。

最も関《かか》わりのないクラスのムードメーカー的な男子だ。

「スズメバチは普通に怖《こえ》ぇ」

「風の谷だったぜ」

野球部のエースが呟《つぶや》いた言葉に次々と頷《うなず》くクラスメイトの男子たち。

予想外に悪目立ちしている。

好奇の視線、投げかけられる言葉。

ほとんど会話したこともない相手に、どう切り返す？

「あのハチは大人しいから」

さすがに何も言わないわけにはいかなかった。

いつも通りのスタイル——無口な女子生徒——でいくしかない。

間違いなく孤立の原因である。

「へ、へぇ、そうなのか」

「いや、でもなぁ」

「スズメバチだしな」

「怖くないの？」

「特には」

あえて言葉数を絞り、会話を膨らませない。

今一歩踏み込めない様子の男子たちの横を通り過ぎ、席へ足を向ける。

好奇の視線は残ったが、コガタスズメバチ騒動は幕を閉じて、クラスメイトは普段の定位置へ戻っていく。

私も席へ戻って、物理の教材を取り出す。

「東さんは虫が怖くはないのですか？」

まったく関わりがない女子に話しかけられ、私は一拍ほど固まった。

顔を上げると薄茶の瞳とかち合う。

好奇とは異なる別種の感情、何かを期待しているような、そんな眼差《まなざ》し。

苦手だな。

「必要以上に怖がる必要がないと思うだけ」

「へぇ……」

私の言葉を聞いた刹那《せつな》、病欠しがちな大和撫子《やまとなでしこ》にしては――

「そうですか」

好戦的な笑みを見た気がする。

柔和《にゅうわ》な微笑《ほほえ》みに隠されて、それを確かめる術《すべ》はない。

黒髪を靡《なび》かせ去っていく後ろ姿を見送りながら、脳裏の虫食いだらけな名簿から名前を引く。

確か、金城静華《かなしろしずか》だったか？

◆

「必要以上に怖がる必要はないと思うんです」

ぶちり、と筋繊維が引き裂かれる音を聞きながら、拳大《こぶしだい》のハエトリグモは言う。

まだ終わっていないが、言わずにはいられなかったのだろう。

「アズールノヴァさんは特別としても、ファミリアは正義の味方ですよ？」

「そうだな」

目の前でハリアリ二体がインクブスの肉を取り合っている。

正義の味方とは？

いや、今日の獲物がエナを豊富に蓄《たくわ》えたインクブスだから取り合いもやむを得ないのだ。

「気絶されるのは心外です」

ぺちぺちと左肩を叩《たた》くパートナーの抗議を受け、傍《かたわ》らで気絶しているウィッチに目を向ける。

鏡の国から飛び出してきたようなメルヘンな格好で、得物は赤いリボンを巻いた金のステッキ。

おそらくマジックによる砲戦を主とするウィッチ。

マジックに耐性を有するインクブス、通称オークに追い回されていた。

第5話「普通」

「仕方ないって結論で納得しただろう」

「そ、それは、そうなんですけど……」

一度でも例外を経験すると次も期待してしまうのは分かる。

しかし、これが普通だ。

まだファミリアの運用が手探りだった頃、死闘の末にオークの頭を割っても感謝の言葉はなかった。

血塗《ちまみ》れの私とファミリアに向けられた視線は、恐怖。

「感謝されるためにやっているわけじゃない」

「むぅ……」

不満げなパートナーには悪いが、私と組んだ以上は諦めてくれ。

近づいてくる羽音に対して右腕を伸ばすと、さっと黒い影が止まる。

正体はファミリアの中では小柄なヤドリバエ。

「……オークが苗床《なえどこ》で大丈夫ですか？」

「心配か」

「当然です！　ファミリアですから」

苗床は気に入らないが、ヤドリバエの卵は心配なパートナーに思わず苦笑する。

どれだけタフなインクブスでも体内までは防御できない。

逃してやったオークも例外ではないのだ。

「強《したた》かなヤドリバエのことだ。上手《うま》くやる」

祈るように前脚を擦《こす》り合《あ》わせたヤドリバエの額を軽く撫《な》でてやる。

確かにあちら側での増殖に成功はしていない。

帰還した先で切除され、羽化しても新たな苗床を捕らえるのに失敗し、苦難の連続だ。

それでも新たなファミリアを送り込み、インクブスに負担を与え続ける。

既に活動中のコマユバチやコバチも、いずれ対策が練られるだろう。

だから、次の手を打ち続ける。

「そうですね……あと、セイブルブリーズですよ」

真紅の複眼に映る銀髪の少女が、同色の瞳を瞬かせた。

私はファミリアの正式名称を覚えていない。

だから、パートナーから訂正を受けることが多々ある。

「あれ、私……なんで……？」

額を押さえながら起き上がったメルヘンなウィッチ。

まだ完全に覚醒していない様子だが、また気絶されると面倒だ。

ヤドリバエを飛び立たせて、状況説明のため歩み寄る――

「うぉぉぉぉぉ！」

お呼びじゃないインクブスも起き上がって、大音量のウォークライを轟《とどろ》かせる。

非常に喧《やかま》しい。

第5話 「普通」

無駄にタフなオークだ。

「ひっ」

「まだ生きていたか」

腹を裂かれ、脚を千切《ちぎ》られ、まだ動けるらしい。

首が太いからと切断を諦めたのは浅慮だったか。

解体を終えた血塗れのハリアリたちへ新たな獲物を指し示す。

「やめ、てぐぅれぇぇ――」

一斉に殺到する大顎《おおあご》は競い合うように、オークの肉を抉《えぐ》り、嚙《か》み千切《ちぎ》った。

気がつくと首と胴が泣き別れし、エナを多分に含んだ噴水が飛び散る。

「あ、あなたは……ウィッチなんですか？」

背後から戦々恐々とした声をかけられる。

衝撃的な光景に動揺し、不安と恐怖で揺れる瞳を見返す。

私をウィッチ以外の何かと思い込みたいのだろう。

しかし、事実だけは伝えておく。

震える小動物みたいなウィッチを見下ろして、私たちは答える。

「ウィッチだ」

「ウィッチです」

第6話「捕捉」

インクブスが出現してから人類は、国家間戦争を休止している。

官民の被害は大きく、割ける国のリソースは有限だ。

そして、ウィッチなる超常の力を操る少女によって全てを相手取ることはないが、国軍もインクブスの脅威と戦わなければならない。

人間同士で戦争をしている暇がない。

《ヴァイパー1、こちらコマンドポスト、送れ》

《コマンドポスト、ヴァイパー1、送れ》

一切の光源がない闇夜《あんや》を切り裂く影。

魚を彷彿《ほうふつ》とさせるスリムなデザインの飛翔体《ひしょうたい》は高速回転する羽をもち、時速二〇〇キロほどで山間部を進んでいた。

数は四機。

知る人が見れば攻撃ヘリコプターと呼ぶ日本国防軍の軍馬は対戦車ミサイル八発を搭載し、目標を目指している。

第6話 「捕捉」

《ホールディングエリアにて待機、送れ》
夜間戦闘に対応した虎の子の攻撃ヘリコプターに与えられた任務は、当然のことながらインクブスの駆逐《くちく》である。
《ヴァイパー1、了解》
目標は山間部を活動拠点とし、周辺市街の市民を殺害、誘拐している群れだ。
複数のウィッチが連れ去られたという未確認情報もある。
《オメガ2、敵集団について報告せよ》
《数に変化なし、目下直進中、速度方位共に変化なし》
先行する観測ヘリコプターから最新の情報が提供される。
今宵《こよい》も人類の領域へ踏み入ろうとする魑魅魍魎《ちみもうりょう》の前へ立《た》ち塞《ふさ》がる最後の壁。
それはウィッチではなく、我々でなければならない。
その自負を抱く隊員の駆る鋼の軍馬は、インクブスを一匹残らず駆逐するという強い闘志を宿している。
《コマンドポスト、ヴァイパー1、敵集団との距離、約二〇〇〇、送れ》
《了解、作戦を開始する——射撃開始、繰り返す、射撃開始、送れ》
《コマンドポスト、ヴァイパー1、了解、射撃する》
空中に静止する攻撃ヘリコプター、その電子の目が人類の敵を睨《にら》みつけた。
《目標、敵集団》

細長い山道を下るインクブスは攻撃ヘリコプター四機の有する対戦車ミサイルと同数。

しかもオークと呼称されるタフネスな相手だ。

完全な駆逐は困難を極める。

《発射用意——発射》

四機のランチャーが一斉に光り、ロケットモーターの噴き出す炎が闇に沈む山道へ吸い込まれていく。

閃光《せんこう》、そして鈍《にぶ》い爆発音。

オークのエナと肉厚な表皮の複合装甲を貫通し、頭が弾《はじ》け、腕が吹き飛び、腹に風穴が穿《うが》たれる。

次々とランチャーから飛び出す対戦車ミサイルは、狙《ねら》い違《たが》わずオークに直撃した。

爆発と共に血肉が撒《ま》き散《ち》らされ、インクブスの影は地へと沈む。

《誘導弾、全弾命中。撃破一一、大破八——敵に対空攻撃の意図を認める！》

《ヴァイパー1、退避せよ》

死屍累々《ししるいるい》の山道より直線軌道で放たれたのは、オークの頭部。

恐るべき膂力《りょりょく》で放たれた弾丸の直撃コースに攻撃ヘリコプターの一機が滞空していた。

アウトレンジを想定していた隊員の反応は遅れる。

眼前に迫る黒い影——

「まったく手癖の悪い奴《やつ》らだ」

第6話 「捕捉」

形容しがたい肉の潰れる音。

恐る恐る目を開けた隊員の眼前には、長方形の無骨な大楯《おおだて》あるいは装甲板が浮遊していた。

肉の破片がこびりつく前面には、金木犀《きんもくせい》の紋章。

その外見に見合わぬ軽快さで主の元へと舞い戻る。

《ウィッチ……！》

舞い戻った一枚を含め六枚の大楯、それを翼のように従える少女。

聖職者を思わせる純白の衣装を身に纏《まと》い、鉛色《なまりいろ》のメイスを肩に担ぐウィッチは世の理《ことわり》が定めたように空中で静止していた。

《コマンドポスト、ヴァイパー1、ウィッチが出現した。これより退避する、送れ》

一斉に退避する攻撃ヘリコプターの風圧を受け、馬の尾のように靡《なび》く長い金髪。

「あいつらには躾《しつけ》が必要だな」

黄金の瞳が眼下のインクブスを見下ろし、嘲《あざけ》る。

彼女こそナンバーズの一角、ウィッチナンバー8――ゴルトブルームである。

「主よ、それは聡《さと》い獣にのみ有効ですよ」

「インクブスは獣以下ってか？」

好戦的な笑みを口元に浮かべるゴルトブルームは、メイスを指揮棒のごとく振った。

「アインス《一番》、ツヴァイ《二番》、ドライ《三番》」

世界の色が反転したかと思えば、彼女の背には三本の黒鉄《くろがね》が浮遊していた。

攻撃ヘリコプターほどもある筒状のそれに装飾《そうしょく》の類《たぐい》はなく、ただ機構だけが存在する。

それは砲、大砲、カノン砲。

照準は生き残ったオークの群れ。

——斉射。

闇に包まれていた山間部を昼間同然に照らす砲火。

着弾と同時に、世界が震えた。

「突っ込むぜ」

「ご随意に」

発射と同時に自壊する黒鉄を背後に置き去り、煌々《こうこう》と燃え盛る山道へ流星が落ちる。

マジックによる砲撃へ耐性を有するようになったオークは、この大火力を受けても消滅しない。

しかし、消滅はせずとも全身を焼かれ、脚を止めざるを得ない。

「おらぁ！」

爆心地へ飛び込んだゴルトブルームは、居並ぶオークを片端から殴る。

脳天目掛けてメイスが唸《うな》り、醜悪《しゅうあく》な面を風船のように破裂させた。

横より摑《つか》みかかろうとした太い腕を大楯が弾き、メイスの一撃が頭を吹き飛ばす。

一振りで肉が弾け、一振りで骨が砕《くだ》け、一振りで命が吹き飛ぶ。

流れ作業のように振るわれたメイスは一分と経《た》たずにオークの群れを屍《しかばね》に変えた。

「こんなもんかねっ！」

フルスイングされた鉛色の凶器がオークの頭に殺人的な加速を加え、積み上げられた死《し》骸《がい》の山に叩《たた》き込《こ》む。

内包するエナへ干渉し、一種の爆薬とした砲弾。

それは死骸のエナと連鎖反応し、極彩色《ごくさいしき》の爆発となって辺りの木々を照らす。

「――ご挨拶だなぁ、おい」

その極彩色の光を背に着地したインクブスは溜息《ためいき》交じりに言う。

爆発より逃れる影を正確に追尾していたゴルトブルームは、既にメイスを構えている。

「まったくよぉ……この島だけ狩りが上手《うま》くいかねぇ」

既に射程内。

黄金の瞳が推し量るのは、眼前で口を回すフロッグマンの力量。

見慣れぬ真紅の表皮、鋭利《えいり》な爪を備えた両腕、どこを見ているか定かではない眼。

「強くもねぇウィッチを数匹しか捕まえられねぇ……なぜだぁ？」

嘲りを多分に含んだ声を耳にして、ゴルトブルームのブーツが地に沈み込む。

流麗に見える足へ蓄《たくわ》えられたエネルギーは――

「お前らが弱いからだろ」

解放された。

第6話「捕捉」

跳躍と同時に振り抜かれるメイスは音を置き去りにしていた。

それを予期していたかのように真紅の影は跳んだ。

地面を抉《えぐ》り飛《と》ばす一撃を前に宙返りを見せ、見事な着地を披露してみせる。

「あぁ違いねぇ……たかが虫けら相手に手こずるなんてなぁ」

「フィーア《四番》！」

回避されるのは折り込み済み。

ゴルトブルームの周囲を一回転した大楯の陰より現れるカノン砲が業火《ごうか》を放つ。

光弾が吸い込まれたフロッグマンの着地点は火山の噴火よろしく大爆発を起こす。

「危ねぇじゃねぇか」

爆発の反対方向より現れたフロッグマンの右腕がゴルトブルームに迫る。

両生類にはない鋭利な鉤爪《かぎづめ》。

劇薬の仕込まれたウィッチ殺し。

それは柔肌《やわはだ》を捉えることなく旋回してきた大楯に阻まれ、黄金の瞳がインクブスを睨む。

「潰れろ」

「おっと！」

高速で旋回してきた二枚の大楯はカエルのミンチを作り損ね、火花を立てて打ち合う。

目の痛くなる真紅の影は、一瞬で闇へと逃げ込んでいく。

「ちょこまかと鬱陶《うっとう》しい……フュンフ《五番》！」

大楯の扉が開かれると同時に、カノン砲の業火がフロッグマンを照らし出す。

周囲の木々が薙《な》ぎ倒《たお》され、より強く燃え盛る山道。

接近したところで大楯に退けられ、距離を離せば大火力が投射される——そのスタイルを人々は要塞と呼ぶ。

要塞《ようさい》を構成するカノン砲や大楯といったマジックの一つ一つは、他のウィッチでも模倣《もほう》は可能だろう。

エナさえあれば大概の事象は再現できる、それがマジックだ。

しかし、複数を同時に制御し、戦いを進めることは困難を極める。

ナンバーズでも特にエナの制御に長《た》けたゴルトブルームだからこそ可能な戦術だった。

「はぁ……ここだと面倒だなぁ」

「お前がな」

周囲で揺らめく紅蓮《ぐれん》が闇を蝕《むしば》む中、傷一つないフロッグマンは溜息を吐《つ》く。

その実力は間違いなくネームド。生半可なウィッチでは返り討ちにされるだろう。

睨み合うウィッチとインクブス。

「邪魔者もいるしな！」

フロッグマンが地面を蹴ると同時に地面が爆《は》ぜる。

まるで地面が沸騰したように土煙が次々と噴き上がり、飛び跳ねるインクブスを追う。

闇夜より降り注ぐ攻撃へリコプターの掃射である。

真紅の影は山道を大きく外れ、山林へと消えた。

「逃走したようです」

「ちっ……」

引き際の良さに思わず舌打ちするゴルトブルーム。

機関砲の咆哮《ほうこう》は絶えず、木々を破砕《はさい》して目標を追い続ける。

しかし、大した効果はないだろう。

「主よ、お行儀がよろしくありませんね」

「余計なお世話だってーの」

十字架に扮《ふん》したパートナーの言葉に鼻を鳴らし、ゴルトブルームは闇夜を見上げる。

掃射を続ける攻撃ヘリコプターなど眼中にない。

黄金の瞳に映るのは、上空を旋回する灰色の影。

「シルバーロータスのファミリアか」

光を反射しないモスアイ構造の複眼で地上を睥睨《へいげい》するスズメガだった。

◆

インクブスの死骸の多くは現場で焼却される。

処理を怠《おこた》ると催淫効果のあるガスを発し、それを吸った男性を凶暴化させるからだ。

当然の判断と言える。

しかし、その死骸も私にとってはファミリアのエナ供給源だ。

国防軍は確実に処理するが、ウィッチは処理が不十分な場合が多く、利用させてもらっている。

ここのところは見つからなかったが、久々に発見のテレパシーを受けた。

「どのファミリアを向かわせるか、だな」

「残飯を漁《あさ》らせるようで、なんとも……」

言いたいことは分かるが、活動中のファミリア全てがインクブスにありつけるわけではないのだ。

ウィッチが激しく損壊させてもガス化するまではエナの塊。

それを得てファミリアが成長するなら私は徹底的にやる。

あと――

「残飯言うな。料理中だぞ」

「す、すみませんでした」

換気扇のカバーに張り付いたパートナーが頭を下げる。

そこの近くにいると豆腐ハンバーグの匂いが殺到するぞ。

後二分ほどで蒸し焼きが終わるのだ。

本日の献立《こんだて》は、この豆腐ハンバーグを主菜とし、副菜にトマトサラダ、主食は炊き立て

第6話 「捕捉」

ご飯だ。

「姉ちゃん」

声のする方向へ振り向くと、リビングからキッチンを覗《のぞ》き込む無垢《むく》な瞳。

「芙花《ふうか》？」

とことこと駆け寄ってきた芙花は、どこか不満げな様子でハエトリグモを見上げる。

「また、アンダーソンと話してた」

びくりと反応するパートナーに一言も発するな、とアイコンタクト。

今の私たちはウィッチとパートナーではないのだ。

芙花が児童向けアニメを夢中で見ていたから油断していた。

「話してないよ。献立を確認してただけ」

「……アンダーソン、嫌い」

虫だから嫌い、ではない。

まるで殺虫剤でも噴射されたようにパートナーは硬直していた。

芙花が嫌いという言葉を発するのは、かなり珍しい。

火を止めて、芙花と向き合う。

「どうして？」

クラスで身長が低い私よりも一回り小さい芙花の目線に合わせる。

そうすると妹の大きな目が不安で揺れているのが、よく分かった。

「アンダーソンと話すとき……」

いつもは天真爛漫《てんしんらんまん》といった言葉の似合う芙花が、今日は弱々しい。

学校で何かあったのだろうか？

いや、それよりも妹の話に集中すべきだ。

「姉ちゃん、すごく遠くを見てて」

エプロンの裾をぎゅっと握った芙花は、ぽつりぽつりと言葉を続ける。

ファミリアの目を通して遠くは見ているが、そういう意味ではない。

「知らない人みたいで、やだ」

そこまで言うと抱きついて顔を私の胸に埋《うず》めてくる芙花。

私とお揃《そろ》いにしたいと伸ばした黒髪を手で解き、頭を撫《な》でる。

知らない人――ファミリアと向き合う私は、別人に見えるだろう。

「……そう」

父親は仕事で家に戻れず、母親は行方不明《ゆくえふめい》。

頼りになる唯一の実姉が別人みたいになったら、まだ幼い芙花が不安になるのは当然だ。

迂闊《うかつ》だった。

「ちょっと疲れてただけ……だから、大丈夫」

そう言うと、より強く抱きつかれる。

そんな芙花の頭を撫でながら、換気扇を見上げるとパートナーが頭を下げていた。

気にするな、と言っても聞かないだろうな。

ウィッチの活動が負担ではないと言ったら嘘《うそ》だ。

だが、それでパートナーや他のウィッチを責めようとは思わない。

「……姉ちゃん、聞いてくれる？」

「いいよ」

しばらくして落ち着いた芙花は、幾分か持ち直した声で尋ねてきた。

私は一度もダメと言ったことはない。

「学校でね……この頃、カエルのお化けが出るんだって……」

元気がなかったのは、それも原因か。

以前に喧嘩《けんか》した男子が仕返しに怖い話を振ってきた、といったところか？

芙花は私と違って活動的で、男子相手にも物怖《ものお》じしない。

ただ、怖い話が苦手で――

「カエル？」

脳裏に過《よぎ》るのは、あるフロッグマンだった。

三日前、インクブスの群れを追尾していたスズメがより受信したテレパシー。

ウィッチか日本国防軍――ファミリアは人間を判別できない――と交戦して群れは全滅したが、変種のフロッグマン三体は逃走に成功した、と。

「うん……真《ま》っ赤《か》なカエルのお化け」

抱きつく芙花の頭を撫でる手に力が入らないよう意識する。

ここにいる時の私は、ウィッチではない。

「校舎の二階の窓からね、真っ赤なカエルがね、じっと下校する子を見てるって……男子が」

「それは、不気味ね」

まだ怪談や噂《うわさ》の範疇《はんちゅう》だが、苗床《なえどこ》を得て、姿を現した時には手遅れだ。

おそらく周辺のウィッチは認知していない。

犠牲者が出るまで彼女たちは気付けないだろう。

どれだけ使命感があっても体は一つしかないからだ。

「芙花、安心して」

「姉ちゃん？」

いつも通りの声は出せた。

しかし、今の私は自然に笑えているだろうか。

それだけが不安だった。

「お化けなんていないわ」

「ほんと？」

「ええ」

ゆっくりと体を離し、小さく首を傾《かし》げる芙花へ頷《うなず》いてみせる。

第6話　「捕捉」

お化けはいない。

この世界を跋扈《ばっこ》する非科学的存在の一つに変身する私だが、お化けは見たことがない。

いるのは、どうしようもないインクブスだ。

「きっと見間違いよ」

「……姉ちゃん、信じてないでしょ」

私を半眼で見つめる芙花は不満げに頬《ほお》を膨らませるが、愛《いと》おしさしか感じない。

そんな妹の通う学校に、奴が、インクブスがいる。

まだ体の出来ていない非力な子どもを狙うフロッグマンは少なくない。

同程度の体格は交尾相手に最適だ、と――その息の根、止めるしかあるまい。

第7話 「膳立」

昨夜、即座に行動へ移すことはしなかった。

情報が足りない状況で校舎へ突撃するわけにはいかない。

本当にフロッグマンが潜伏しているか定かではないのだ。

「東《あずま》さん」

仮に潜伏していたとしても、招集するファミリアを選別しなければならない。

屋内だからといって毒物の散布は当然ご法度だ。

重量級ファミリアは、校舎を破壊する危険があるため除外。

大顎《おおあご》で解体するファミリアは死骸《しがい》を四散させた結果、翌朝バイオハザードを引き起こす可能性があるため保留。

「あ、あの東さん？」

「どうした？」

空の牛乳パックに乗るパートナーへ目を合わせる。

持ち上げた前脚を彷徨《さまよ》わせ、まごまごとしていた。

第7話　「膳立」

何度か名前を呼ばれていた、気がする。

悪いことをした。

「申し上げにくいのですが……報告を待つべきかと」

「……焦《じ》れるな」

パートナーの言うことは尤《もっと》もだ。

しかし、今すぐにでもフロッグマンを狩り出して、その息の根を止めてやりたい。

身内贔屓《みうちびいき》と他人は言うのだろうが、知ったことではない。

芙花《ふうか》に指一本触れてみろ。

生きたまま解体してやるぞ——いつものことだな。

「ご安心ください！　事を起こそうものなら、一〇秒足らずでファミリアの一陣が突入します」

「頼もしいな」

「ふっふっふっ……でしょう？」

「パニックが起きなければ、だが」

沈黙したパートナーは気まずそうに視線を逸《そ》らす。

間違いなくパニックは避《さ》けられない。

下手をすればインクブスより二次被害の方を心配する事態になる。

しかし、本当に事が起きれば、そうも言っていられない。

「……待つしかないか」

上空で滞空するオニヤンマも、小学校を囲うように配置したハマダラカも、今のところフロッグマンを発見できていない。

昼間から活動するインクブスは少数、別の場所に潜伏している可能性もある。

今からでも捜索の範囲を――

「ファミリアを信じてください」

初めてマジックを使った時、傍《かたわ》らから聞こえた真っすぐな声を再び耳にする。

真実を語っているようで、祈っているような、そんな声だ。

私自身に大した力はない。

忘れていた。

感情的になったところでファミリアの能率が上がるわけではない。

私ができることは信じて任せること。

「ああ」

黒曜石《こくようせき》のような眼《め》を真正面に見据えて頷《うなず》く。

実妹のことだからと平静を失っていたようだ。

思わず溜息《ためいき》が出る。

いつものように、確実に、インクブスどもを駆逐《くちく》しなければならない。

「らしくなかったな」

第7話　「膳立」

「なんのことでしょう？」

わざとらしく首を傾《かし》げるパートナーに苦笑する。

できたハエトリグモだよ、まったく。

頼りないようで、肝心なところは外さない。

「そういえば東さん」

嫌な予感。

こぢんまりとしたパートナーが改まって切り出す話題は良かった例《ためし》がない。

特に、この人気《ひとけ》がない校舎三階の階段にいるときは。

「どうした？」

牛乳パックより跳ねてきたパートナーを左手に乗せ、続きを促す。

そろそろ昼休みが終わるというタイミング。

何を言い出すのかと身構える。

「どうして芙花さんの誤解を解いて下さらないのですか!?」

「……いや、何の話だ」

嫌われるのはやむを得ないと納得していただろう。

芙花の嫌いという言葉に対するフォローなら分かるが、誤解とは一体？

「確かに私はアダンソンハエトリそっくりですけど、名前がアンダーソンなのはあんまりです！」

前脚を振り上げて抗議するパートナーは、まくし立てるように言った。

あんまり、とは世にいるアンダーソン氏へ失礼だぞ。

それに芙花はハエトリグモの個体を判別して名前を呼んでいるわけではない。

「芙花にとってハエトリグモは全てアンダーソンだぞ」

「お、横暴……！」

「家にいるハエトリグモはアダンソンだと教えたからな」

「東さんのせいじゃないですか！」

そうともいう。

ぴょんぴょんと跳ね回るハエトリグモを連れて、教室へと足を向ける。

訂正を要求するなら、まず芙花の日常を取り戻してからだ。

インクブスどもは一体も逃すものか。

その決意を改めて確認し、二階へ階段を下ろうとした足を止める。

いや、止めざるを得なかった。

「東さん」

踊り場から私を見上げる金城静華《かなしろしずか》がいたからだ。

その視線から隠れるようにパートナーが私の後ろ髪に潜り込む。

逃げたくなるのも分かる。

「探しましたよ」

第7話　「膳立」

いつも周りにいる友達を連れず、関《かか》わりの薄いクラスメイトを探す？

大和《やまと》撫子《なでしこ》の浮かべる柔和《にゅうわ》な微笑《ほほえ》みから感じる違和感。

警戒心を抱くな、というのが無理な話だ。

「私を？」

「はい」

問えば、淀《よど》みなく答える。

階段を上ってくる金城は、背筋が真っすぐで重心も安定している。

その安定した佇《たたず》まいを見るに武道の類《たぐい》でも嗜《たしな》んでいるのだろうか。

目の前に立たれると身長差で、少し視線を上へ向ける必要があった。

「お聞きしたいことがありまして」

そう言ってチェック柄スカートのポケットから取り出した一枚のメモ用紙。

丁寧に折りたたまれているところに性格を感じる。

「この虫について、何かご存知でしょうか？」

開かれたメモ用紙には、シモフリスズメが描かれていた。

「これは……」

上手《うま》い。

スズメガ科に属するシモフリスズメだと一目で分かった。

一見写実的だが、複眼や脚を違和感なくデフォルメして可愛《かわい》く仕上げている。

柔らかいタッチで私好みなイラストだ。

「上手く描けてる」

「え？」

しかし、どうしてシモフリスズメなんだろう？

灰色の翅《はね》は華やかさと無縁で、他のスズメガ科と比べると可愛いとは言いにくい。

私は精悍《せいかん》な顔つきが好きだが。

「どうしてシモフリスズメを？」

「し、シモフリスズメ？」

目を瞬《しばた》かせる彼女にメモ用紙のシモフリスズメを指差してみせる。

私が食いついてくると思っていなかったのか？

確かに距離感が近かったかもしれない。

慣れないいな。

だが、金城のチョイスした理由に興味が湧いたのだ。

「この頃、よく見かける虫だったので」

どこか困ったように微笑む大和撫子を見て、私は理解する。

日陰を求めるシモフリスズメがベランダに寄ってきて困っているのだろう。

鱗粉《りんぷん》を落として洗濯物を汚すことがあるのだ。

コガタスズメバチ騒動の私を見て、効果的な助言を求めに来たというところか。

第7話　「膳立」

しかし、時期が時期だから――鳴り出す予鈴。

「季節だから仕方ない」

無理やり話を切り上げて、私は行動に移る。

五限目の化学を担当する教師は、遅刻すると長い説教を始めるご老体だ。

それで時間を潰されては堪《たま》らない。

「行こう、金城さん」

「ええ……そうですね」

名前を呼ばれたことに驚いたのか、反応に少し間があった。

馴《な》れ馴《な》れしかっただろうか？

分からない。

距離感の難しさを感じながら、私たちは階段を早足に駆け下りた。

◆

逃亡したフロッグマンは容易《たやす》く発見された。

罠《わな》を疑うほどに。

いや、これは十中八九罠のつもりだろう。

あからさまにポータルを開いて潜伏している場所を暴露したのだ。

「では、正面から？」

「ああ、潰すぞ」

インクブスどもは待ち伏せていると思っている。

ウィッチ単独なら袋叩《ふくろだた》きだろうが、包囲しているのは私たちだ。

待ち伏せている位置は把握済み、数はフロッグマン三体に加えて増援のゴブリンが二四体。

時刻は深夜〇時を回ったところ——五時までに片付け、ここで芙花が食べる弁当を作らねばならない。

いけるな。

芙花の通う小学校は統廃合を繰り返し、この辺りでは最も規模が大きい。

だが、インクブスどもは戦力を分散していなかった。

そのまま一網打尽にする。

「立派な学《まな》び舎《や》ですね」

「そうだな」

運動場から見える学び舎は、まるで城のように立派な造りをしていた。

我が国が未《いま》だに文化的な国でいられるのは意地でも教育を放棄しなかったから。

いや、子どもの学べる環境を死守したというのが正確か。

それを切り捨て、国防に傾倒した国々はウィッチ不足に苦しんでいるという。

第7話 「膳立」

パートナー曰《いわ》く健やかな心身がなければ、二一グラムの魂から引き出せるエナは限られる。

「学び舎は、子どもの場所だ」

ここは未来のウィッチを育てる場所ではない。

「はい、インクブスには退場願いましょう」

その言葉に頷き、シースからククリナイフを抜き放ち、深夜の静寂《せいじゃく》に包まれた校舎へ向かう。

校舎へ侵入したファミリアへ行動を始めるようテレパシーを発信。

運動場にヤママユガで堂々と降り立った理由は一つ。

インクブスどもをファミリアの狩場へ誘《おび》き出《だ》す。

「へぇ……お前がシルバーロータスか」

——音源は上空。

まさか、先客がいるとは思わなかった。

視線を上げた先、夜風で黄金の髪を靡《なび》かせる少女。

その背には成人男性を軽く隠せそうな長方形の装甲板が二枚、浮遊している。

この世を席巻《せっけん》する非科学的存在の一つ、ウィッチだ。

「よっと」

重力を感じさせない軽やかな着地を披露したウィッチは、私より身長が高かった。

ウィッチに総じて言えることだが、理想を形にしたとでも言おうか。

我が強そうな切れ長の目から逃れるため、フードを深めに被る。

「地味だな」

歩み寄ってきたウィッチは聖職者を思わせる純白の衣装を纏《まと》っていた。

鼠色《ねずみいろ》のてるてる坊主と比較すれば、後者が地味なのは当然だろう。

「主よ、それは失礼ですよ」

「うっさい」

胸元の喋《しゃべ》る十字架に対して、ぶっきらぼうに答える純白のウィッチ。

そのデザインの衣装とパートナーで、その口調なのか。

ギャップを感じるな。

そそくさと逃げようとする私のパートナーを左手で捕まえ、金色の瞳と相対する。

「初めまして、でもないか。私にとっちゃ初めましてなんだが——」

「いや、私も初対面だと思うが」

どこか挑戦的な笑みを浮かべていた彼女は、私の一言で凍りつく。

いや、そもそも場の空気が凍りついたような気がする。

——沈黙。

それに耐えかねたパートナーがもぞもぞと動き、説明を試みようとする。

「……あ、あのですね。彼女はナンバーズの」

第7話　「膳立」

「ゴルトブルームだ！　お前、見てたよな⁉」

素っ頓狂な声を上げ、純白のウィッチもといゴルトブルームが詰め寄ってくる。

そう言われても見ていないし、会ってもいない。

自意識過剰なのでは、と状況を悪化させかねない言葉を胸中に押し込む。

「この前、お前のフ、ァ、ミ、リ、アが観戦してたの知ってるんだぞ！」

その言葉に左肩のパートナーと顔を見合わせる。

なるほど、道理で知らないわけだ。

「私のファミリアはウィッチが判別できない」

「へ？」

鳩《はと》が豆鉄砲を食ったような顔、それから意味を理解して肩を落とすゴルトブルーム。

一人で盛り上がり、一人で落ち込んでいる。

多少、申し訳ない気がしなくもない。

「すまない」

「いや、謝らなくていい……」

別種の気まずい沈黙。

意思疎通できるウィッチと会話を交えるたび、この空気を味わっている気がする。

どうしろというのだ。

「主よ、本来の使命を忘れておりますよ」

「はぁ……そうだった」

その空気を十字架のパートナーが切り捨て、ゴルトブルームの声に張りが戻る。

咳払《せきばら》いの後、その口元には好戦的な笑みが浮かんでいた。

「ここのインクブス、私が逃がしちまった奴《やつ》なんだ」

「そうなのか」

スズメガが追尾していた群れを全滅させたのは、ウィッチだったか。

オークを主力とする群れだったが、それを短時間で全滅に追い込んでいた。

実力の高さが窺《うかが》える。

「おそらくネームドで、腕の立つインクブスだ。ここは私に任せてくれないか？」

つまるところ、横取りするなと言いたいのだろう。

だが、ネームドは背を向ける理由にはならないし、もう一度逃さないとも限らない。

確実にインクブスどもの息の根を止めたいのだ。

「その必要はない。既にファミリアを――」

「へぇ……なら」

私の言葉を聞いて、笑みを強めるゴルトブルーム。

説得の通じる相手ではないと薄々気づいていたが、スイッチを入れてしまったらしい。

嫌な予感がする。

「早い者勝ちだぜ、シルバーロータス！」

第7話　「膳立」

世界の色が一瞬反転し、空中に現れる鉛色《なまりいろ》のメイス。

その得物を掴《つか》むなり、ゴルトブルームは振り返りもせず校舎へ飛ぶ。

マジックによる重力を感じさせない飛翔《ひしょう》だった。

「行ってしまいましたね……」

「ああ」

言葉を額面通り受け取るなら、彼女はネームドを相手取る実力がある。

それゆえに出た発言。

パートナーが諫《いさ》めないところを見るに、あれが彼女のスタイルなのだろう。

だが、負ければ死よりも惨《むご》い未来がウィッチには待っている。

これは遊びじゃない。

「面倒だな」

イレギュラーに振り回されるのは、苦手だ。

飛び込んでいった彼女は、ファミリアの狩場を知らない。

待ち伏せしているインクブスに正面から当たる気だろう。

作戦を変更せざるを得ない。

「あの、東さん……」

どういう作戦に変更すべきか考えていると左肩のパートナーが遠慮がちに声を出す。

「どうした？」

さっそくインクブスが動き出した旨のテレパシーを受信。

あのウィッチ、誘蛾灯《ゆうがとう》よろしくインクブスを引き寄せている。

このままだと袋叩きだ。

「彼女の実力は高いです……高いのですが、それはマジックの火力あってこそと聞きます」

多少の数的不利は火力を発揮できれば問題ないということか。

「つまり、本領を発揮した場合」

「校舎が破壊されかねません」

思わず溜息が出た。

芙花の通う小学校を破壊されるわけにはいかない。

第8話「私雨」

昼間は児童の活気に満ちている小学校も夜は別世界に思える静寂《せいじゃく》に包まれていた。

月光が射《さ》し込《こ》む白い廊下を足音だけが反響する。

「主よ」

「なんだよ」

足音の主であるウィッチとパートナーは普段通りの調子で言葉を交わす。

一見無警戒のようだが、鉛色《なまりいろ》のメイスは暴力を行使した痕跡《こんせき》を廊下へ滴《したた》らせている。

「よろしかったのですか、あのようなことを仰《おっしゃ》って」

十字架に扮《ふん》したパートナーは問う。

あのようなこと、とは先程のシルバーロータスに対する一件しかない。

こちらに落ち度があると認めながら、横取りするなと牽制《けんせい》し、一方的に競争を持ちかけた。

「あれで乗ってくるなら面白かったんだけどな」

退屈そうにメイスで肩を叩《たた》くゴルトブルーム。

想定外のファーストコンタクトゆえのアドリブ《即興劇》に、シルバーロータスは大した反応を見せなかった。

あからさまな挑発に対して、彼女は——

「必要ない、とか言う割にっ」

扉の陰から飛び出すゴブリンの頭が振り抜かれたメイスによって弾《はじ》け飛《と》ぶ。

これで三体目を数える。

劇薬を塗り込んだナイフが床を滑り、毒々しい色彩を飛び散らせた。

それを気にもせず、ゴルトブルームは足を進めていく。

「追ってこねぇし」

「……ファミリアが召喚される様子もありません」

ウサギのように赤い瞳はインクブスを屠《ほふ》る意志だけがあった。

しかし、それが実行される気配は今のところない。

ゴルトブルームのメイスだけがインクブスの生命を砕《くだ》いている。

「身体能力は平均以下、エナは微弱で、私の接近を察知できないし、ファミリアは一体だけ」

ネームドを次々と屠ってきた実力を微塵《みじん》も感じないウィッチ。

ナンバー13に値するとは到底思えない。

功績に誤りがあるのではないか、とオールドウィッチを疑ってしまうほどに。

第8話 「私雨」

「あーあ、期待外れだな」

「だからこそ実力を見極める機会だったのでは?」

「こそこそと見守れって? 冗談じゃない」

他の追随を許さない圧倒的な力でインクブスを駆逐《くちく》する。

それが序列上位者、ナンバーズである。

監視するまでもなく、その実力は推し量れるもの。

「主よ、協力という選択肢もありましたよ」

インクブスを効率よく駆逐し、シルバーロータスの実力も見定める。

胸元より語りかけるパートナーの提案は、一般的なウィッチであれば採用率は高い。

「それこそ冗談じゃない」

しかし、ゴルトブルームは一般的なウィッチではない。

協力という言葉を耳にして顰《ひそ》められた眉、不愉快であると言外に語る口元。

「インクブスを逃したのは、私の責任だ」

「ふむ……」

そんな口から紡がれた言葉には、ぶっきらぼうな口調からは想像もつかない重みがあった。

雲が月を隠し、闇が訪れる。

一定のリズムを刻んでいた足音が止まり、闇は静寂を得て廊下に満ちた。

「私の不手際は、私の手で片を付ける」

絶大な能力を有するゴルトブルームである時、彼女は他者に頼らない。

他者に譲らない。

その強迫観念じみた考えは、連勝を続けるほど強まっている。

望ましいとはパートナーも思っていないが、手詰まりは否《いな》めない。

「出てこいよ、カエル野郎」

細められた黄金の瞳が廊下の奥を睨《にら》む。

「へぇ……気づいてやがったのか」

闇の中で肩を揺らす影。

人を小馬鹿にした耳障《みみざわ》りな声が廊下を反響する。

「取り巻きを連れてお山の大将気取りかよ」

息づく九つの気配。

前衛に二体、中衛に四体、後衛に三体。

インクブスの使い走りことゴブリン、そして件《くだん》のフロッグマンだ。

「ここでお得意のマジックは使えねぇだろうからな」

哀れむようで見下した声に、取り巻きのゴブリンも揃《そろ》って嘲笑《あざわら》う。

しかし、ゴルトブルームは憤《いきどお》ることもなく聞き流す。

確かに絶大な威力を誇る要塞《ようさい》の主砲は、容易《たやす》く学《まな》び舎《や》を破壊するだろう。

第8話 「私雨」

「あれが私の十八番《おはこ》と思ってんのか」

「なに？」

その浅慮な考えを鼻で笑った。

使用できないのではなく、使用する必要がない。

エナを高純度に収束させ、加速、投射するマジック。

それは遠距離からインクブスを駆逐するため獲得した後天的能力。

「やるぞ、カタリナ」

ゴルトブルーム本来の戦闘距離は、インファイト《接近戦》である。

「かしこまりました、主よ」

すぐ隣で静止した大楯《おおだて》へゴルトブルームは左手を伸ばす。

金木犀《きんもくせい》の紋章が微《かす》かな光を放った後、マキナの駆動する音が廊下に響き渡った。

「ブリュート《開花》」

冷たく鋭い金属音が耳を撫《な》でる。

無骨な大楯の背面より迫《せ》り出《だ》す四本の柄《つか》。

その一本を一息に抜き放き、現れた刃《やいば》は細く、長い。

切先がフロッグマンの喉元を狙う位置で静止する。

「新しい玩具《おもちゃ》ねぇ……やっちまえ」

長い得物をフロッグマンは大した脅威と見做《みな》さなかった。

閉所では振り抜けないと。

ナイフ、スリングショット、原始的な得物を手にゴブリンが突撃する。

まず、二体のゴブリンが間合に入り――黄金の刃が揺らぐ。

「浅はかな」

仲間の放ったスリングショットの擲弾《てきだん》が無為に空を切る。

ゴブリンが知覚できたのは、そこまでだった。

「……やるじゃねぇか」

ほぼ同時に床面へ倒れ込む二体の影を見て、唸《うな》るフロッグマン。

眼球から後頭部まで穿《うが》つ一撃、それが二度放たれただけ。

しかし、その速度は驚異的なもの。

「ここでなら私に勝てると思ったんだろ？」

軽やかなステップで左半身を前に、再び構えられるエストック。

その刃が揺らいだ瞬間――スリングショットの斉射が殺到する。

旋回してきた大楯二枚に阻まれ、擲弾が毒々しい噴煙となって視界を塞《ふさ》ぐ。

それを好機と見たゴブリン二体、そして最後衛にいたフロッグマンが躍りかかる。

「逆だよ」

大楯による突撃がゴブリンを撥《は》ね飛《と》ばし、天井へ逃れたフロッグマンをエストックが狙う。

第8話 「私雨」

閉所では大火力を使えない。

だが、閉所では機動力も活かせない。

「ちっ！」

即座に黄金が瞬《また》き、眼窩《がんか》へ鋭い刺突が飛んでくる。

廊下という限られた空間で黄金の刺突を躱《かわ》すのは至難の業《わざ》。

間一髪のところを鉤爪《かぎづめ》で逸《そ》らし、後方へと跳ぶフロッグマン。

「逃げんなっ」

大楯二枚を扉のごとく開け放ち、追撃するゴルトブルーム。

飛来する擲弾を軽々と躱しながら邪魔者の眼、眉間、喉を貫く。

ゴブリンの小集団は断末魔もなく倒れる。

「こりゃ面倒なウィッチだぜ」

それを傍目《はため》に着地、そして飛び退《と》くフロッグマンへの追撃は、エストックの投擲《とうてき》。

「危ねぇ――」

直撃の寸前で体を捻《ひね》り、これを回避――した先に、鉛色のメイスが風切り音を上げて迫る。

「な！」

体の捻りを利用し、フロッグマンは手に忍ばせた擲弾を放つ。

曲芸じみた空中からのカウンター。

それをメイスのフルスイングが捉え、一撃で粉砕する。

「……取り巻きがいなくなったぞ？」

廊下を舞う粉塵《ふんじん》を薙《な》ぎ払《はら》い、ゴルトブルームは涼しい顔で告げる。

「はぁ……役に立たねぇ」

エストックに眼窩を貫かれたゴブリンの隣へ着地したフロッグマンは溜息《ためいき》を吐《つ》く。

雲が流れ、月光が再び顔を出す。

「邪魔者はいなくなったし」

「チェックといきましょう」

新たなエストックを大楯より抜くゴルトブルーム。

迫る黄金の輝き、そして月光から逃れるように真紅のフロッグマンは影へ下がる。

月光の射さない別棟に通じる渡り廊下入口まで。

「気が早いんじゃねぇかぁ？」

逃げるだけの手合にも飽いた。

虚勢に見える嘲りを二度とできなくなるよう次で貫く。

その決意をもって、踏み込むゴルトブルーム。

「主よ！」

それを渡り廊下から、天井から、正面から、鉤爪が襲った。

フロッグマンは、一体ではなく三体。

第8話 「私雨」

「分かってる！」

予想外ではあったが、難攻不落の要塞《ようさい》は冷静だった。

大楯を旋回させて一方を防御、正面は迎え撃ち、己のエナより大楯を頭上に形成。

世界の色が反転する。

「っと……手緩《てぬる》いんだよ」

「お見事です」

危なげなく同時迎撃。

純白の装束《しょうぞく》に触れることは叶《かな》わない。

「いやぁ……勝ったね」

奇襲を容易く退けられたトリオは一様に笑う。

三方より攻め立てれば要塞を落とせるなど浅慮が過ぎる。

そう眉を顰めるゴルトブルームを――

「な、なにっが!?」

異変が襲った。

視界が歪《ゆが》み、手足が震え、汗が噴き出す。

それはインクブスの薬物による症状と酷似《こくじ》していた。

しかし、ゴルトブルームは一度も被弾しておらず、粉塵を吸い込んでもいない。

「くっ体、が……！」

「これは……主よ、エナに変調をきたしています！　すぐ鎮静化を！」

異変の原因を即座に把握したパートナーの警告。

ウィッチをウィッチたらしめるエナが制御できず荒れ狂っている。

浮力を失って落下する大楯、取り落としたエストック、それらは砂のように崩れ去った。

「マジックを使ってくれてありがとよぉ」

両手を大きく広げてから、拍手するフロッグマンを月光が照らした。

辛《から》うじて膝をつくゴルトブルームは顔を紅潮させ、荒い呼吸を繰り返す。

勝敗は、決した。

真紅のトリオは獲物へ悠然と近づく。

「新薬はどうだ？　抜群だろぉ」

「体に効かねぇなら、エナを通して湧泉《ゆうせん》を侵《おか》す……そうすりゃ、どんなウィッチも――」

「死ねっ」

背後から近づく気配に振るったメイスは容易く受け止められる。

それどころか手を摑《つか》んで引き寄せられ、抵抗できない姿を至近から観察される。

弄《もてあそ》ばれていると悟っても弱々しい蹴りを繰り出す。

「元気そうだし、やっちまうか」

「久々の雌《めす》だなぁ！」

顔を見合わせる真紅のトリオは、もうウィッチを見ていない。

獣欲を眼に浮かべ、どう雌を蹂躙《じゅうりん》するか思案している。

敗北したウィッチの末路とは悲惨なものだ。

「この、離せっ！」

その視線に怯《ひる》まず、黄金の瞳は嫌悪感と憎悪を宿して睨み返す。

鈍化した思考でも彼女の本能が、そうさせた。

しかし、それは余興としてインクブスを喜ばせるだけであった。

「主よ！」

喋《しゃべ》る十字架ごと胸元の装束を引き裂くため、鉤爪が伸ばされる。

「簡単に壊れるなよぉ……あぁ？」

舌なめずりするフロッグマンは渡り廊下に矮躯《わいく》の影を捉えた。

浅緑《せんりょく》の肌、尖《とが》った耳と鼻、言うまでもなくゴブリンである。

物欲しそうな視線を受け、華奢《きゃしゃ》な少女の手を摑むフロッグマンは下卑《げび》た笑みを浮かべる。

「お前らも後で使わせてやるから待っ――」

答えることなくゴブリンは、倒れた。

丸々と膨らんだ黒褐色《こっかっしょく》の風船を背負《せお》って。

「ふ、風船……？」

否、それは風船などではない。

ゴブリンの背中を摑む八本の脚。

それは獲物の生命を吸い上げる吸血動物の脚だ。

下卑た笑みを消し、フロッグマンたちは一斉に飛び退く。

「残り三体」

幼げでありながら無邪気さの欠片《かけら》もない声。

影で妖《あや》しく光る赤い瞳はインクブスだけを見ていた。

その場にいた者は、微かに放たれるエナから瞳の主がウィッチであると辛うじて認識する。

「な、なんだよ……こいつら」

しかし、感覚は正常であっても眼前の光景は、その認識を拒絶したくなるもの。

一〇〇か、二〇〇か、それ以上のエナが蠢く。

「主よ、これは全てファミリアです……!」

ゴルトブルームの震える喉から出た問いへパートナーが答える。

なぜ今まで感知できなかったのか、という驚愕《きょうがく》を滲《にじ》ませて。

影から這《は》い出《で》てくる吸血動物の群れ——天井にはマダニ、床面にはノミ。

個々は小さく貧弱だが、褐色に波打つ群れとなって迫ってくる光景は恐怖しかない。

「**お前《め》ぇ……ウィッチか?**」

その異様な光景を前にして真紅のフロッグマンは張り詰めた緊張感を纏《まと》って対峙《たいじ》する。

さながら蛇に睨まれた蛙《かえる》のように。

インクブスの問いへ、影より歩み出てきた銀髪赤眼のウィッチ、シルバーロータスは答える。

「そうだ」

◆

芙花の母校が未《いま》だ健在なのは、純白のウィッチことゴルトブルームが理性的に戦ったからだ。

ゴブリンによる包囲を阻止していたとは言え、大火力の制限という足枷《あしかせ》を自ら課して戦っていた。

そして、危機的な状況に陥った。

逃走に成功したインクブスが増援を得た時点で対策を立てられていると睨んでいたが、やはりそれにやられたようだ。

「ゴブリン共がいたはずだがなぁ？」

倒れたゴブリンを指差すと、表情の読みづらい面を歪めるフロッグマン。

ゴルトブルームに集中するあまり後方確認不足のゴブリンを仕留めるのは容易だった。

囮《おとり》にする気はなかったが、結果的に手早く片付いた。

「……役立たずを寄越しやがって」

吐き捨てるように言うと真紅の姿は揺らぎ、月明かりに照らされた廊下と同化していく。

既知のフロッグマンとの違いは色と鉤爪だけか。

巧妙な擬態《ぎたい》だが、視覚的に姿を隠蔽《いんぺい》したところでファミリアには見える。

「ゴルトブルームさんを狙っています」

「ああ」

私狙いのフロッグマン一体、ゴルトブルーム狙いのフロッグマン一体、ネームドと思《おぼ》しきフロッグマンは動かず。

右手のククリナイフを真正面へ向け、視線を誘導する。

それが合図——

「なっ!?」

奇襲する心算《しんさん》だった二体のフロッグマンを褐色の一群が強襲した。

二酸化炭素の代わりにエナを感知するファミリアに視覚的な小細工は通用しない。

それは弾丸のごとく一直線に突進するノミだ。

擬態を過信していたフロッグマンは回避できない。

「なんなんだこいつら!」

「くそっ剝《は》がれねぇ!」

両腕を振り回し、引き剝がそうと無様に踊る二体の褐色の人型。

お構いなしに次々と取り付くノミ、ノミ、ノミ。

第8話　「私雨」

「ぎゃぁぁあぁ！」

全身に口吻《こうふん》を突き立てられたインクブスの絶叫が廊下に響き渡る。

変種でもネームドではないフロッグマン、対処は変わらない。

ノミの腹部が赤々と染まるにつれ、じたばたしていた人型は床に倒れて動かなくなる。

「なんの冗談だよ」

ノミの第一波を躱したネームドは、擬態が無意味と悟ったらしく再び姿を現す。

位置は天井。

逆さまの状態で私を観察している。

「なんだ、そのファミリアは？」

インクブスはファミリアをウィッチより下位の存在と侮っている節がある。

戦闘能力を有するファミリアは存在するが、それでも支援や補助が主な役割だからだ。

侮っている手合は容易く屠れるが、こうも警戒されると面倒だった。

「いや、まさか……お前か、お前だな？」

独り言を吐き続けるフロッグマンにノミの群れは照準を合わせた。

四方八方で褐色の影が跳躍のため脚を折り曲げる。

「あの虫けらを操ってるウィッチは！」

同時に跳躍。

私の目では追いきれない速度で、褐色の弾丸と真紅の影が交錯《こうさく》した。

ファミリアの気配が六体消え、白い床面にノミの亡骸《なきがら》が落ちてくる。

すぐエナが崩れて消え去ってしまい、弔《とむら》ってやることもできない。

「こうも早く災禍《さいか》の元凶を拝めるとは……思わぬ収穫だ」

そこへ着地するフロッグマンは無傷だった。

さすがネームドといったところか。

だから、なんだというのだ。

ぎらつく眼で私を見つめるフロッグマンは、背を向けて逃走の姿勢を見せる。

脅威と認識した相手から即座に逃走する点は、ネームドも変わらない。

その収穫を持ち帰らせると思っているのか？

「逃すと思うか」

「いいや、逃げるぜぇ！」

白い廊下を駆けていく真紅の影を目で追う。

窓ではなく律儀に階段を選択したが、それでいいんだな？

フロッグマンが階段前の防火シャッターを潜《くぐ》り――

「なにっ⁉」

響き渡る驚愕の声、ぼとぼとと何かが降る音。

窓を開けながらゴルトブルームの横を通り過ぎ、階段へ足を向ける。

「虫けらと侮った罰です」

第8話 「私雨」

左肩より聞こえるパートナーの冷ややかな声。

防火シャッターの向こう側を覗《のぞ》けば、マダニの雨が降る中を跳ね回る真紅の影。

見開かれた眼が、私を見る。

「お前のようなウィッチが――」

最後まで言い切ることなく、黒褐色に覆われる。

雨粒全てを避けることは誰にもできない。

一度、捕まってしまえばお終《しま》いだ。

廊下に静寂が戻り、ゴルトブルームの荒い息遣いだけが聞こえた。

――芙花の母校に潜むインクブスは全て処理した。

風船のように膨れていくマダニは、最後の一滴までエナを吸おうとするため動かない。

丸々とした一群は、キノコの栽培風景を彷彿《ほうふつ》とさせる。

「移動が間に合って幸いでした」

「五月雨式《さみだれしき》では振り切られていたな……よくやった」

アンブッシュの位置を急遽《きゅうきょ》変更したが、間に合わせたファミリアたちを労《ねぎら》う。

「無事か」

それから、モンスターパニックの世界に一人取り残されていた純白のウィッチへ声をかけた。

すると、小さく万歳を披露していたパートナーが縮こまる。

苦手なのか？

「なん、とかな……」

上擦《うわず》った声で答えるゴルトブルームに出会った時の威勢はない。

薬物に侵されているのだから当然ではあるが。

手負いの獣は過大、捨てられた猫がたとえとして妥当に思われた。

「これが、お前の……ファミリア、なのか？」

恐怖の見え隠れする表情で、もぞもぞと動き回るノミを見遣《みや》るゴルトブルーム。

インクブスだったモノには視線も合わせない。

見慣れた反応だった。

「そうだ」

当然、肯定する——背後より射し込む月明かりが遮られた。

振り返って見ずとも分かる。

校外を巡回させていたアシダカグモが、忘れるなと言わんばかりに窓枠から巨躯《きょく》を覗かせていた。

逃げ足の速いインクブスを屠る優れたファミリアだが、人によっては悪夢だろう。

ゴルトブルームが恐怖で凍りついている。

「安心しろ。ファミリアだ」

「そ、そういう問題じゃ……」

第8話 「私雨」

震える声はインクブスの薬物だけが原因ではない。

フードを取り払って、アシダカグモへ定期巡回に戻るようアイコンタクト。

鉄骨のように太い脚が去って一安心、とはならない。

「お、おい……な、なんだよ⁉」

今度はマダニの群れが前脚を上げてゴルトブルームへ詰め寄っていた。

座り込んで動けない純白のウィッチは、まるでクモの巣に捕らわれたチョウのようだ。

「く、来るな！」

ゆっくりと包囲の輪が縮まるたび、荒い呼吸がより激しくなる。

まずい。

鈍感な私でもエナの流動が肌で感じ取れた。

「落ち着け」

ゴルトブルームへ声をかけながら、マダニの前進方向を妨げるよう手を差し出す。

インクブスの薬物であれば、媚薬《びやく》の類《たぐい》。

状態が悪化すれば、日常生活を送ることすら困難になる。

「インクブスじゃない」

前脚を下ろし、動きを止めたマダニへ首を横に振る。

マダニには眼が存在しない。

前脚に備わるハラー氏器官が触角の代わりだ。

つまり、前脚を上げているのは威嚇《いかく》しているわけでも、ゴルトブルームを脅《おびや》かそうとしているわけでもない。

薬物に侵されてエナに変調をきたしたウィッチが何者か確認しようとしたのだ。

だが、そんな事情を知らない少女には恐怖でしかない。

「すまない」

「……あ、ああ」

解散するマダニを見送り、呆《ほう》けているゴルトブルームの容態を診《み》る。

意識はある。

瞬き、それと呼吸の回数が多い。

頬《ほお》が紅潮し、発汗あり。

新薬と宣《のたま》っても、やはり媚薬だ。

つまり、私は何もできない。

「何も……言わないのか？」

私の視線を受け、居心地《いごこち》が悪そうに身じろぎするゴルトブルーム。

金色の目は何かを恐れているような——たとえるなら、親に叱られる子どもの目をしていた。

初めての反応だった。

私は何を求められている？

同情は論外。
未熟だ、浅慮だと責め立てることは、簡単だ。
それこそ馬鹿でもできる。
置物のようになっているパートナーから助け舟はない。
私は――
「貸し一つだ」
「え？」
逃げた。
負ければ死より惨《むご》い未来が待っているウィッチに、次はない。
ないのだ。
だが、私は諭せる言葉を持っていない。
連帯を拒み、一人で戦ってきたウィッチの言葉に、どれだけの説得力がある？
今日は失敗しなかっただけだ。
まるで言い訳のような言葉を胸中に並べ立て、私は見開かれた黄金の瞳から逃げた。
「解毒《げどく》できそうか？」
ククリナイフをシースへ戻し、私は問う。
先程から沈黙している十字架へ。
ウィッチの容態を外部から把握している存在はパートナーしかいない。

「新たなマジックを使うと症状が悪化する可能性があります」

「自然治癒は可能か？」

「エナは鎮静化傾向にあるため、自然治癒は可能と考えます」

打てば響く受け答えに、心中で感心する。

ウィッチの危機に取り乱すパートナーは少なくない。

エナの影響を受けているはずだが、冷静に分析している。

「分かった」

「……シルバーロータス殿、感謝いたします」

できたパートナーだ。

安静が必要ということであれば、護衛を呼び寄せて後始末に入るとしよう。

ゴルトブルームが屠った一一体のゴブリン、それからインクブスの干物一六体を処分しなくてはならないのだ。

「待って」

踵《きびす》を返した瞬間、伸ばされる細い手。

無理に立ち上がろうとして体勢を崩す少女——私の方がちんちくりんだが——を咄嗟《とっさ》に抱き支える。

「んぅんっ！」

華奢な体は小刻みに震え、悩ましい声が耳元で聞こえた。

薬物に耐性をもつウィッチに通用するとなれば、相当に強力なものだ。

荒い呼吸を繰り返すゴルトブルームは、私の背に回した手へ力を込めて必死に耐え忍んでいる。

人間の尊厳を著しく損ねるインクブスの薬物には嫌悪しかない。

「無理に動くな」

「ひぃぁっ」

声を発するだけでゴルトブルームの体が跳ねた。

これ以上、刺激を与えるべきではない。

不用意な介抱の結果、後遺症が残ったウィッチを私は知っている。

もう二度と見たくはない。

ゆっくりと時間をかけ、極力刺激を与えないように壁際へ座らせる。

「安静にしろ、分かったか？」

返事はないが、弱々しく頷《うなず》いた。

熱を帯びた金色の目、荒い呼吸、汗で張り付いた純白の衣装、全てが背徳的な雰囲気を醸している。

とても見ていられない。

視線を逸らした私は、改めて後始末のためにヤマアリの一群を呼び出す。

第9話「不明」

これが夢だと理解するのに、そう時間はかからなかった。
忘れることのない悪夢にして根源。
眼前に広がるコンクリートの床面は、何度も見てきた。
いつものように視線を上げれば、月光の射《さ》し込《こ》む廃工場が広がっている。
そして、月下に佇《たたず》む少女が私を見た。
その紅《くれない》の目には深い絶望が浮かんでいるが、口は正反対の言葉を紡ぐ。
「大丈夫だよ」
銀の髪に月光を蓄《たくわ》える少女は、善良で心優しいウィッチだった。
世界が平和であれば、きっと幸せな人生を歩んでいただろう。
しかし、彼女は浅緑《せんりょく》の肌をもつゴブリンに取り囲まれ、小刻みに震えている。
人質を取られ、たった今から無抵抗で凌辱《りょうじょく》されるのだ。
「**動くなよぉ！**」
人質とは、愚鈍な私しかいない。

前世がありながら、無知で無力な己に殺意を覚える。
首元に押し付けられたナイフの輝きが、私の無力を嘲笑《あざわら》う。
「間抜けな奴《やつ》だ」
「揃《そろ》って孕《はら》ませてやるからな！」
不快な雑音が耳元で響く。
げらげらと下卑《げび》た笑いを響かせるインクブス、ゴブリン、肉袋。
この世界に不幸を撒《ま》き散《ち》らす冒涜的《ぼうとくてき》で、存在価値の欠片《かけら》もない生命体ども。
なぜ、命を奪う？
なぜ、虐《しいた》げる？
なぜ、嗤《わら》っている？
なぜ、生きている？
ナイフが首の皮を裂くのも構わず、その醜悪《しゅうあく》な面を凝視する。
制御できない憎悪が渦巻《うずま》く。
「死ね」
父に使ってはならないと言い聞かされてきた言葉を、細い喉が奏《かな》でた。
面食らった様子のインクブスの頭上から黒い影が降る。
——何度も見てきた光景。
肉袋どもが八本の脚に圧《お》し潰《つぶ》され、コンクリートに血肉が飛び散る。

第9話 「不明」

キャンバスに赤い絵の具を叩《たた》きつけたみたいだ。

「な、なんだこいつは!?」

狼狽《うろた》えるゴブリンを鋏角《きょうかく》が貫通し、二つに引き裂く。

血飛沫《ちしぶき》が舞う。

唖然《あぜん》とする少女を鮮やかな赤が彩った。

「く、くそっ！」

私を捕らえていた手が離れ、足元にナイフが転がる。

そして、慌ただしく足音が去っていく。

逃すものかよ。

「殺せ」

黒い風が吹き抜け、私の黒髪を弄《もてあそ》んだ。

逃げる矮躯《わいく》の背中へ追《お》い縋《すが》り、鋭い鋏角が突き立てられる。

「ぎゃあぁぁぁ！」

肉袋の断末魔が響き、床面を覆わんばかりの血が飛び散る。

これで目に映るインクブスは屠《ほふ》った。

――まるで足りない。

この世界に不幸を振り撒く生命体は、まだ存在している。

何一つ終わっていない。

この夜から全ては始まったのだ。

血痕《けっこん》をコンクリートへ刻む八本の脚が、月下に現れた。

それはクモのようで、クモでない不可解な生命体。

私を見下ろす黒曜石《こくようせき》のような眼に正面から相対する。

「東蓮花《あずまれんか》、貴女《あなた》は力を欲しますか？」
パ、ー、ト、ナ、ーは厳かな声で私に問う。
愚問だ。

返答は既に決まっている。

「ああ――」

言葉を吐き出した瞬間、ぐるりと世界が回転する。

暗転、転落。


そして、重い瞼《まぶた》を上げると星空を描いた天井があった。

寝室のベッドから見上げた景色に似ている。

「……姉ちゃん……むにゃ」

私の手を握って眠る芙花《ふうか》の寝顔を見て、ここが現実だと認識する。

相変わらず、現実の境界が曖昧《あいまい》になる悪夢だ。

己の根源を忘れるな、とでも言うように何度も夢に見る。

「……忘れるものか」

◆

見目麗《みめうるわ》しいウィッチは一種のアイドルだ。

悪を滅ぼし、人々を護《まも》る戦乙女《いくさおとめ》たち。

世間はインクブスの脅威が高まれば高まるほどウィッチへ注目し、神格化すらしている。

私の内にある常識が認めない今世の常識。

いや、アップデートできなかった私の常識が認めない今世の常識か。

ウィッチが現れてから紆余曲折《うよきょくせつ》を経た世界が、今だった。

「ゴルトブルームはドイツ語で金の花を意味するんですが、具体的に何の花を指しているかは分かっていないんです」

私は現在、認めたくない今世の常識と相対していた。

「シールドに描かれた紋章をヒントに、様々な説が囁《ささや》かれていますが……僕は金木犀《きんもくせい》という説を推しますね」

「は、はぁ……」

要領を得ない相槌《あいづち》を気にした様子もなく語る男子。

この饒舌《じょうぜつ》なクラスメイトに捕まったのは、昼休憩に入った直後。

授業が自習となり、予習も終えて時間を持て余していた私は、ゴルトブルームの大楯《おおだて》に描かれた花が気になった。

うろ覚えで花の絵を描いたところ、ウィッチのファンを名乗る男子——田中、いや中田だったか——に見つかった。

聞こうと思っていたパートナーはペンケースから前脚を振るだけ。

そのため、花の名前を聞くだけと話に乗ったのだが——

「金木犀は橙黄色《とうこうしょく》の花ですし、ドイツ語ではデュフトブリューテと言って、厳密にはゴルトブルーム《金の花》ではありません。でも、着目すべきは花言葉なんです」

そう言って中田は眼鏡《めがね》のブリッジを指で上げ、生真面目《きまじめ》な表情で言葉を紡ぐ。

「花言葉は謙虚、謙遜、気高い人……ゴルトブルームを表した花だと思いませんか？」

「そう……かな？」

彼女と言葉を交えた身としては同意しかねるが、面白い切り口だとは思う。

オールドウィッチの命名は安直で、これまで真剣に考察する機会はなかった。

私の場合、ロータス《蓮》の花言葉とは何だったたか。

「えっと……ゴルトブルームは常に矢面に立ち、誰一人傷つけさせない戦い方をします」

いまいち芳しくない私の反応を受け、中田は慌てて補足を始める。

「他のウィッチから称賛の言葉を受けても驕《おご》らず、ただ護るために戦う姿は花言葉の通りだと僕は思ってます」

第9話 「不明」

誰かを護るために戦うのは、どのウィッチも同じで、そこに優劣はない。

それでも中田を含む人々を惹《ひ》き付《つ》ける力が、ゴルトブルームにはあるのか。

子どもが戦うことを忌避《きひ》する私には見えない力が。

「あ、あとは常に新しい技を取り入れ、戦い方を洗練していくところとかも」

「……要塞《ようさい》、だっけ？」

「はい！　攻撃の全てを退け、大火力で制圧する姿から、そう呼ばれてます……本来、ゴルトブルームはインファイターなんですけどね」

頬を掻《か》く中田は、遠い日々を懐かしむように語る。

本来も何もメイスが得物ならインファイトが主眼ではないか？

「メイスを持ってるし、元々インファイターじゃない？」

「今のスタイルが確立された後にメディアが特集を組んだので、インファイターって印象は薄い人が多いですね。ちなみに、初登場時はシールドに収納されているエストックやハルバードといったウェポンを駆使して戦っていたんですよ」

よく覚えているものだ。

話し始めてから彼の口から飛び出すウィッチへの知識量は圧巻の一言だった。

しかし、あのゴブリンの眼窩《がんか》を貫通していたのはエストックだったのか。

傷痕が炭化していたからマジックが主因と思っていた。

「旧首都で戦う時は見なくなりましたが、街中で戦う時は華麗な剣技を見ることができますよ」

「へぇ……」

私を日常へ戻してくれる場でウィッチの話題は極力避《さ》けていたが、中々どうして興味深い。

私のファミリアはウィッチを基本的に無視するため、ウィッチを観測する第三者の意見は初めて聞いた。

だが、禁足地での活動は見逃せない。

あそこはファミリアの狩場、もといインクブスの最多出現地域だ。

「どうやって旧首都に？」

「ここだけの話なんですけど……ドローンで空撮しているんです。僕もバイト代を投資してますっ」

「ふむ」

小さく胸を張る中田に、私は適当な相槌でやり過ごした。

かつてドローン大国と呼ばれた中国が軍閥《ぐんばつ》とインクブスの陣取りゲーム盤になってから、民生ドローンは高価な道具だ。

それを駆り出してまでウィッチの姿を追いたいのか。

「望遠なので、判別くらいしかできませんけど」

見ているだけで助けない――戦う力がない人々に何を求めている？

第9話 「不明」

そんな人々がウィッチを応援できる余裕があるだけ我が国は、恵まれている。

正体に迫ろうとしてウィッチ本人を巻き込んでインクブスの餌食《えじき》になった追っかけの事件から三年、無責任なファンも激減した。

これでも弁《わきま》えていると言うべきなのだろう。

「あの、東さん」

申し訳なさそうな中田を見て、心のささくれが顔に出ていた可能性へ思い至る。

私の表情筋は思ったより内心を反映すると芙花の一件で知った。

フォローする心算《しんさん》で反応する。

「なに？」

「なんというか……僕が一方的に話してしまって申し訳ないな、と」

そう言って頭を掻く彼に、私は軽く脱力した。

あれだけ気持ちよさそうに語っておいて今更の話だろう。

「気にしないで……面白い話も聞けたし」

私はウィッチのファンという存在を快く思っていない。

だが、それは私の内で処理すべき感情だ。

他人の趣味嗜好《しゅみしこう》へ口を出し、非常識だと糾弾《きゅうだん》する権利はない。

それにウィッチへ真剣な姿勢は、蛇蝎《だかつ》のごとく嫌うものではないだろう。

個人的に彼の話で感心したのは、ゴルトブルームの紋章に関する考察だった。

花言葉からのアプローチは面白かったと思う。

「だから、ありがとう」

真っすぐ見返して、礼を言う。

困ったように頬を掻いて笑った彼は、どういたしまして、と小さな声で答えた。

今、周囲から視線が殺到したような——自意識過剰だな。

周囲のクラスメイトは普段通りの他愛《たわい》ない会話をしていた。

当然だ。

自意識過剰と言えば、私は降って湧いた好奇心で更なる会話を試みる。

「中田くん」

「あ、田中です」

「……ごめん」

「き、気にしないでください！」

すまない、田中くん。

机に突っ伏したい気持ちを堪《こら》える。

顔から火が出そうな気分を味わったが、気を取り直して聞く。

「他のウィッチについても分かる？」

「もちろんですよ！」

自信がある様子だ。

第9話「不明」

ウィッチに青春を懸けてしまうなよ。

そんな心配を覚えながら、私は私について聞いてみた。

「シルバーロータスは？」

「けほっえっふ！」

「ちょっと、どうしたんですの!?」

「お〜わさび、多かったかな？」

私の席から五席分ほど離れた場所で、誰かが盛大に咽《む》せていた。

相変わらず賑《にぎ》やかなクラスだ。

「シルバーロータス？」

名前を反芻《はんすう》する田中くん。

ふと思ったが、そもそも私はメディアに露出していない。

映り込んだファミリアは、心外なことにインクブス扱いだ。

つまり、一般人には名前すら知られていない可能性が――

「東さん、シルバーロータスに興味が？」

なんだって？

シルバーロータスと聞いて顔を出すハエトリグモをペンケースへ押し込む。

「ま、まぁ……？」

思わず曖昧な返事で答えてしまう。

わなわなと震える田中くん。

なんだろう、厄介なスイッチを入れてしまった気がする。

「彼女は、一切が謎に包まれたミステリアスなウィッチなんですよ！」

「えぇ……」

目を爛々《らんらん》と輝かせ、彼は恥ずかしげもなく言い切った。

名乗った覚えがないのに、名前を知られている事実に驚愕《きょうがく》なんだが。

「唯一鮮明に撮れた写真は、これだけなんです！」

「うわぁ……」

差し出されたケータイの画面には、銀髪赤眼の少女が廃墟《はいきょ》の中で佇んでいる写真。

よく撮れている。

フードを取り払った私の横顔が、相変わらず無愛想だと分かるほどに。

どこで撮った!?

「これは？」

「有志が撮影したものです！　日時や場所が非開示なので、合成って言う仲間もいますけど、僕は本物だと思ってます」

合成であってくれ。

ここまで鮮明に撮れる距離で気がついていないとしたら——この廃墟、旧首都か？

禁足地へ立ち入って私を追える存在は、ウィッチしかいない。

まさか、いや、それはないと願いたい。

「見ての通りウェポンはククリナイフと分かっているんですが……それ以外は何もかも謎のウィッチなんです」

「そう」

認知されていた事は予想外だったが、私のやっていることは把握されていない。

一般人には、それでいい。

世には知らないままで良いこともある。

◆

見渡す限り草木のない不毛な土地が広がり、空には血のように赤い月が瞬く。

ここはヒトを喰《く》らう悪意の塊が跋扈《ばっこ》する異界。

「バルトロ、本当にここなのか？」

厚い皮膚と筋肉に覆われたインクブス、オークの群れが殺風景な景色を見渡す。

「ああ、ここだ」

その一団を率《ひき》いるバルトロは、静寂《せいじゃく》に満ちたゴブリンの巣を前にして頷《うなず》いた。

無骨な得物を担ぎ、布を雑多に巻いたバーバリアンのような一団を同族は戦士と呼ぶ。

彼らの目的は、連絡の途絶えたゴブリンの巣を調査することであった。

「誰もいないな」

「いや、いなくなったんだ」

足下から首飾りらしきものを掘り出したバルトロは厳かに告げる。

巣を治めるゴブリンが身につける装飾品《そうしょくひん》と気づいた戦士たちは一様に顔を顰《しか》めた。

「ここも奴らの仕業か」

断定的口調の仲間にバルトロは再び頷く。

奴ら、とは近頃出没しているインクブスを捕食、苗床《なえどこ》とする化け物のことだ。

この異界に棲《す》む数少ない原生生物でないことは明らか。

仕留めた個体がエナとなって四散した点からウィッチのファミリアと断定されたが、いまだに侵入経路は不明のまま。

「気を引き締めろ、お前ら」

「おう」

この周辺では最も規模の大きい巣の全滅に危機感を抱くバルトロに対し、幾度か襲撃を退けている一団との間には温度差があった。

ここも外れだろうという空気を隠しもせず、バルトロは天を仰《あお》ぐ。

「生き残りは、いないな」

一つ一つ住処《すみか》を覗《のぞ》き込《こ》み、異変の痕跡《こんせき》を探すオークたち。

ゴブリンの住処は土を盛り固めた簡素な造りで、建築というより穴倉である。

第9話 「不明」

扉を破壊され、屋内は荒れ放題となっているが、これまで見てきたものと大差はない。

「くそ……ウィッチ相手なら楽しみもあるってのに」

覗き込み、見回し、次へ向かう。

その単純作業の繰り返しに思わず不平を漏らすオーク。

「ファミリアよりウィッチの尻を叩きてぇよ！」

「まったくだぜ！」

七人のウィッチを倒し、犯し、孕ませた戦士たちは下品な笑い声を響かせた。

仲間のストレスがピークに達しつつある、それを肌で感じるバルトロ。

この調査を終え次第、すぐ遠征に出て発散させてやる必要があった。

「奴らがファミリアなら、とっととウィッチをやっちまえばいい」

若いオークは血気盛んな様子で、アックスを振るってゴブリンの住処を叩き壊す。

思わず天を仰ぐバルトロ。

そんなことは腕に覚えのあるインクブスは皆、理解している。

しかし、この異常事態を引き起こしているウィッチは姿どころか名前すら分かっていない。

「肝心のウィッチが分からないという話だ」

「エリオットが行ったんだろ？」

大陸のヒトが興した国で、ウィッチを次々と手籠《てご》めにし、数多《あまた》のインクブスに雌《めす》を提供した真紅のフロッグマン。

その手腕を妬《ねた》む者は多いと聞くが、エリオットの情報を当てにするインクブスも多い。

彼は件《くだん》のウィッチを探し、護りの堅い島国へ出向いた。

「まだ、戻らんそうだ」

「つまみ食いでもしてんのかね」

そんな呑気《のんき》な回答にバルトロは一抹《いちまつ》の不安を覚えるも、探索に意識を戻す。

未探索の場所は、ゴブリンが余興で建設した祭祀場《さいしじょう》を残すところとなった。

祀《まつ》るのは、インクブスを生み出した神。

しかし、略奪と繁殖《はんしょく》しか能がないゴブリンは、生贄《いけにえ》を捧《ささ》げると称してウィッチを嬲《なぶ》る場にしている。

「雌一匹くらい残ってねぇかな」

下卑た笑い、それから少しばかりの期待。

そんな弛緩《しかん》した空気を漂わせたまま一団は階段を下り、祭祀場の扉を潜《くぐ》る。

扉より先には、天井から射す光以外に光源のない薄闇の広間。

穴倉を好むゴブリンらしい造りだった。

バルトロが指示を出さずとも、場内に散って探索を始めるオークたち。

見渡す限りゴブリンが略奪した雑多な家財以外、目ぼしいものは見当たらない。

「止まれ、お前ら」

第9話 「不明」

息苦しい緊張感を纏《まと》ったバルトロの声。

周辺を調べていたオークの戦士たちは脚を止め、一斉に得物を構える。

「……バルトロ？」

問うた戦士に沈黙のジェスチャーが返される。

天井に設けられた格子窓から射し込む光、それに照らされた床面を睨《にら》むバルトロ。

床面の光と影との境目、そこで動く影に視線が集まる。

一つや二つではない。

気づけば、影の境目が蠢《うごめ》いていた。

ゆっくりと天井を見上げた者たちは、その正体を知る。

「奴らだ！」

悲鳴じみた警告が広間に反響した瞬間、天井の闇から深い闇が次々と姿を現す。

「固まれ！」

「おう！」

戦士の一団は得物を手に、近場の者と背中を合わせて天井を睨む。

エナの塊のようなオークを黒い複眼に映し、打ち鳴らされる大顎《おおあご》、響く重々しい羽音。

インクブスを狩る者たちが、動く。

「ぎゃぁぁぁぁ！」

最初に襲われたのは、隊列から離れて床を調べていた者だった。

薄汚い床に叩きつけられ、太い首が大顎に噛《か》み千切《ちぎ》られる。

いとも容易《たやす》く戦士は、屠られた。

——今まで遭遇した個体が幼体に思えるファミリアに。

エナを多分に含む噴水を浴び、漆黒《しっこく》の外骨格が妖《あや》しく輝く。

「ぶっ殺してやる！」

「おい、離れるな！」

激昂《げきこう》した若いオークはアックスを振りかぶって突進する。

オークと同等の体躯《たいく》でありながら軽々と飛び上がった漆黒のファミリア。

渾身《こんしん》の一撃を躱《かわ》した元コマユバチは、わざわざ孤立してくれた獲物に対して四体で襲いかかる。

「な、ぐが、ぁぁぁ！」

大顎が腕を、脚を、腹を、頭を挟み、噛み千切った。

殺到する黒に若いオークは覆い隠され、断末魔の声も途絶える。

「くそが！」

その場で解体ショーが開始され、戦士たちは士気どころか戦意喪失の危機に直面した。

だが、背を向けることは死を意味する。

接近してくる羽音に得物を振るうしかない。

「何匹いるんだ!?」

第9話 「不明」

「や、やめてくれぇぇ！」

厚い皮膚を毒針に貫かれ、自由を奪われた者が連れ去られていく。

その末路は苗床である。

ウィッチには自慢のタフネスで優位に戦うオークだが、眼前を飛び回る漆黒のファミリアには通じない。

大顎は骨ごと肉を噛み千切り、毒針は厚い皮膚を貫く。

「退《ひ》け！　退けぇ！」

このままでは全滅することを悟ったバルトロは撤退を指示する。

しかし、それが困難であることは誰の眼にも明らかであった。

出口は果てしなく遠くに見えた。

「ボニート、後ろだ！」

「くそ――」

ボニートと呼ばれたオークの首を大顎が挟み、一息に噛み千切る。

真っ赤な血飛沫が戦士と襲撃者を等しく彩った。

「化け物が！」

すかさずバルトロの振るったクラブは漆黒の外骨格に直撃し、その巨躯《きょく》を吹き飛ばす。

ウィッチであれば戦闘不能の一撃。

しかし、激突して柱を一本へし折った影は何事もなかったように飛び上がる。

それを苦々しく見送り、バルトロは次なる羽音へクラブを振るう。

「ぎゃぁぁぁぁ！」

大顎の打ち鳴らす音、そしてオークの悲鳴が反響する祭祀場。

一団は犠牲者を出しながら這《は》うような速度で出口を目指す。

「離れるなよ、お前ら！」

「おう！」

バルトロの声に応《こた》える戦士は半分以下にまで数を減じていた。

出口へ下がるオークを無機質に、無感情に、ファミリアは殺戮《さつりく》する。

それでも粘り強く抵抗した戦士たちは、出口へ辿《たど》り着《つ》く。

「行け！　上れ！」

階段を駆け上がる仲間を横目に、迫る大顎を打ち払い、その勢いで出口の柱を叩き壊すバルトロ。

少しでも時間を稼ぐため、出口を塞《ふさ》ぐのだ。

重い羽音が遠のいたことを確認し、バルトロは一息に階段を上る。

「よし、このまま……」

命からがら場外へ飛び出した一団は、脚を止めた。

否《いな》、止めざるを得なかった。

——静寂《せいじゃく》の支配するゴブリンの住処へ次々と降り立つ小さな影。

その場にいる戦士の得物が小刻みに震える中、バルトロは憎悪を宿した眼で小さき者たちを睨む。

「虫けらめ」

祈るように手を擦り合わせる漆黒の暗殺者。

最も多くのオークを屠ってきた元ヤドリバエ、その真紅の眼は新たな苗床を無機質に見下ろしていた。

戦士たちの背後から迫る大顎の打ち鳴らす音。

退路はない。

「虫けらどもめぇぇぇ！」

渾身のウォークライを上げ、オークの戦士は最後の戦いに挑む——

第10話「疑義」

私はファミリアにエナの供給比率を傾けているため、ウィッチとしての能力は低い。

新米ウィッチが容易《たやす》く屠《ほふ》るゴブリンとですら一対一は危険だった。

そのため常日頃からファミリアと行動しているわけだが、それはインクブスにのみ有効だ。

ファミリアは人間に無関心となるよう創った。

私に悪意をもつ人間が現れた時、どこまで抵抗できるかは未知数だ。

そして、おそらく悪意は欠片《かけら》もないウィッチ——アズールノヴァとの再会は思ったより早く訪れた。

遭遇するのは三度目になるが、今回は快晴の旧首都。

インクブスを相手に大立ち回りを見せている最中だった。

「す、すごいですね……ナンバーズに比肩するのではないでしょうか?」

宇治川の蛍火のように燐光《りんこう》が飛び交い、蒼《あお》い閃光《せんこう》がコンクリートジャングルで爆《は》ぜる。

無人の旧首都では制限する必要がないとは言え、とても新米ウィッチと思えない威力だ。

第10話 「疑義」

高架を挟んだ向かいにあるマンションのベランダが余波で震え、酷道《こくどう》が粉塵《ふんじん》に覆われる。

「天賦《てんぷ》の才、か」

その才は他人を救うが、本人は救わない。

ウィッチの力を意のままに操ることができれば、多くの命を守れるだろう。

しかし、それに伴う重責に潰される心までは守れない。

鬱屈《うっくつ》とした気分になる。

そんな胸中を表したような灰色の粉塵から飛び出す人影。

ふんだんにフリルを使った蒼いドレスを翻《ひるがえ》し、軽やかに信号機へ着地する。

「見えました、アズールノヴァさんです！」

思わず歓声を上げ、ぴょこぴょこ小さく跳ねるパートナー。

嬉《うれ》しいのは分かるが、やるべきことを忘れるなよ。

私の目、パートナーの眼《め》、上空の眼、それらで残存するインクブスを探す。

「想定より少ないな」

「ほとんど倒されてしまったようですね」

粉塵の中より現れるインクブスどもは、捕捉した当初より相当数を減らしている。

三二体いたゴブリンは全滅。

確認できる限り、ひらひらと宙を舞うインプ――端的に言えば羽と尻尾《しっぽ》の生えたゴブリン――が三体。

「おのれ、ウィッチめ！」

そして、咆哮《ほうこう》を上げるオーガが一体。

「……オーガは健在ですが」

「あれはオークよりタフだ」

筋肉隆々とした巨躯《きょく》は大質量を振り回すパワーとオーク以上のタフネス、そして当然のようにマジックへ耐性を備える。

数こそ少ないが、非常に厄介なインクブスだ。

「加勢しますか？」

「しましょう、ではなく？」

「それは……」

信号機の上に佇《たたず》むアズールノヴァの姿が消え、蒼い光芒《こうぼう》が駆ける。

その進路上に立つオーガは鉄塊の如《ごと》き得物で迎え撃った。

迫る質量武器と激突し、それを正面から弾《はじ》き返《かえ》すアズールノヴァ。

後退《あとずさ》るオーガに対し、燐光を散らして二撃目が放たれる。

両者は再び激突し、衝撃波で足場のベランダが震える。

可視化したエナを纏《まと》うアズールノヴァは、三倍近い体格差のあるオーガを圧倒していた。

新世代のウィッチというパートナーの推論は外れていないかもしれない。

そう思えるほど、規格外だ。

「あの間に割って入れるファミリアは限られますし……分かって聞いてますね？」

「確認したかった」

眉はないが訝《いぶか》しげな視線を向けてくるパートナー。

あの空間に割って入れるファミリアが現状いないことを確認し、狙うべき目標を絞る。

——雲一つない快晴の旧首都に雷鳴が轟《とどろ》く。

「インプがマジックを使ったようです」

「ああ」

インプの指先から紫電が迸《ほとばし》り、頭上よりアズールノヴァを襲う。

無粋な横槍《よこやり》は直撃の瞬間、周囲の燐光と干渉し、大きく湾曲《わんきょく》して酷道へと逸《そ》れる。

インクブスの中にはウィッチと異なる体系のマジックを扱う者が存在する。

その威力は、度重なる戦いで進化したファミリアにも脅威となるほど。

圧倒的な身体能力によるインファイトを好むインクブスは獲物だが、あの手合は優先して駆逐《くちく》すべき敵だ。

「放出されるエナの量が多いですね……強力なインクブスのようです」

「ネームドか」

「分かりません。しかし、仮にそうだとして連続で現れるでしょうか？」

仮にネームドとすれば、戦力の逐次投入もいいところだ。

戦力は集中した方がいい。

分散すれば先日のフロッグマンのように各個撃破――

「いや、倒されたからこそか」

先日のフロッグマンは、情報収集を目的としていた節がある。

帰還しなかった時点で間違いなく戦力は増強される。

あれは本腰を入れてきたインクブスの部隊なのではないか？

たとえるならゴブリンは歩兵、オーガは戦車、インプは砲兵。

「どうしますか？」

パートナーの問いは、まず何を狙うかという意味だ。

雑居ビルが蒼い閃光と共に爆ぜ、丸太のように太い物体が宙を舞う。

あれは、オーガの左腕だ。

オーガを相手取るアズールノヴァに援護が不要であるなら、私のすべきことは一つ。

「インプをやるぞ」

「分かりました」

滞空するインプ三体を捉えたまま、テレパシーを発する。

距離も次元も超える私の声は、遥《はる》か上空一〇〇〇メートルのファミリアへ届く。

アズールノヴァを一方的に攻撃するインプは、周辺警戒を怠《おこた》っている。

今こそ好機だ。

「突入まで三秒……来ます！」

第10話「疑義」

旧首都の青空を黒が横一文字に切り裂いた。

それをファミリアと認識できた者はいなかっただろう。

暴風が吹き抜け――インプは二体になっていた。

慌てて散開するインプたち。

その頭上より降ってきた物体は、驚愕《きょうがく》を浮かべた仲間の頭だった。

「まず一体」

インクブスの見上げた先には、咀嚼《そしゃく》を終えたファミリアの巨影。

縞模様柄《しまもようがら》の細長い体を二対《つい》の翅《はね》が空中に静止させる。

インプたちが何かを喚《わめ》きながら、不気味に光る指先を一斉に向けた。

マジックを使用するぞ、という合図だ。

「エナの放射量、増加します」

グラウンドゼロを睥睨《へいげい》するエメラルドグリーンの複眼は、インプの微細な動作も見逃さない。

私が与えるべき情報は、マジックの発動タイミングだけ。

枯枝《かれえだ》のような指先が光る――私の視覚情報を理解したオニヤンマが、動く。

人間の反射神経では回避できない速度。

しかし、紫電は虚《むな》しく空を切って大気へと散る。

「馬鹿な!?」

インプの驚愕する声が風に乗って聞こえてきた。

動揺を隠さぬまま、インプは指先より紫電を連続で放つ。

無意味だ。

オニヤンマはエナが紫電に変換される刹那《せつな》を観測し、事前に回避している。

「攻撃速度を重視して威力が落ちていますね」

悪くない判断だが、手数で補おうと速度が足りていない。

インプの視界から消える巨影。

空を侵犯したインクブスを全て嚙《か》み砕《くだ》き、飛行の原動力としてきたファミリア。

いつからか飛行速度は、国防軍の制空戦闘機に迫るものとなっていた。

つまり、音速を超える。

瞬《まばた》きの後、空中にいるインプは一体だけとなった。

回避を思考する暇もなかっただろう。

一撃離脱を終えたオニヤンマは、捕獲時の衝撃と殺人的加速で沈黙した獲物を丸齧《まるかじ》りしている。

「む……逃げるようです」

最後の一体が明後日《あさって》の方向へ飛び去ろうとしていた。

胴体を両断されるオーガを見限り、障害物の多い低空へ逃げ込んで。

「機動を制限する気か」

第10話 「疑義」

「あるいはポータルを使用する気かもしれません」

その可能性もあるな。

今度は頭まで噛み砕いたオニヤンマへテレパシーを発信し、追撃させる。

信号機や電線程度の障害物で止められるファミリアではない。

低空を滞留するアズールノヴァの蒼い残滓《ざんし》を散らす黒い風。

「く、来るなぁぁ！」

雷鳴が一度だけ響き、それきり旧首都は沈黙した。

オニヤンマ以外のファミリアからインクブス全滅のテレパシーを受信。

ヤマアリの一群だけを呼び寄せ、私は肩から力を抜く。

「お疲れ様でした」

「想定より早く片付いた」

「アズールノヴァさんのおかげですね！」

「……そうだな」

オーガを相手取る想定でファミリアを呼び寄せていたが、彼女のおかげで被害なくインクブスを駆逐《くちく》できた。

喜ぶべきなのだろう、本来は。

ベランダから観戦していた私を発見したアズールノヴァが手を振っている。

上半身の消失したオーガを背に。

「本当に聞かれるんですか……？」

おずおずと尋ねてきたパートナーへ頷《うなず》く。

件《くだん》の写真を撮ったのが、誰であるか確かめる必要がある。

「ああ」

私の存在が認知されようと知ったことではない。

インクブスどもを駆逐することに変わりはないのだ。

多少の情報をくれてやっても、その対策ごと踏み潰す戦力もある。

だが、それだけで済まないこともある。

「エスカレートしない、とは言えない」

「それは……そうですが」

「プライベートまで及ぶ事態になれば、私は」

私は、どうする？

シースに収まるククリナイフの重みが、気分まで重くさせる。

芙花《ふうか》や父、近しい人間を巻き込む惨事になった時、私は相手を殺せるか？

「シルバーロータス様！」

一度の跳躍で酷道より高架を越え、四階のベランダへ降り立つアズールノヴァ。

緑に侵食された灰色の建築に溶け込まない蒼はよく目立つ。

鼠色《ねずみいろ》の私は、背景あるいは影だった。

第10話 「疑義」

「まさか、助けに来てくださるとは……ありがとうございます！」

「大したことはしてない」

「そんなことありません。シルバーロータス様のおかげで目の前のインクブスに集中できました！」

飼主《かいぬし》を前にした大型犬のように、はきはきと返事をするアズールノヴァ。

並のウィッチならオーガ単体であっても危険なのだが。

やはり、規格外だ。

「そうか」

「はい！」

必要な言葉を吐き出す気力は、中々湧いてこない。

こうも真っすぐな眼差《まなざ》し、純粋な好意を疑うのは、どうにも憚《はばか》られる。

だが、それでも私は聞かなくてはならない。

そわそわとするパートナーに口を出さないようアイコンタクトを送る。

「アズールノヴァ」

「は、はい！」

私が名前を口に出すと、その背筋が真っすぐ伸びた。

改めて名前を呼んだのは初めてかもしれない。

「一つ聞きたい」

「はいっ」

私は口下手《くちべた》だ。

言葉は知っていても、それを上手《うま》く扱えない。

だから、開き直って端的に言う。

「ここ最近、私を尾《つ》けていたか？」

口から出た言葉には不快感しかない。

自意識過剰かつ被害妄想の塊のような言葉だった。

今か今かと言葉を待っていたアズールノヴァは、そんな私の問いに――

「いえ、そんなことはしていませんよ？」

ただ不思議そうに首を傾《かし》げるだけだった。

嫌疑をかけられ、取り乱すわけでも、悲しむわけでもない。

「一七日前にお会いしたきりですね」

共同でライカンスロープに対処した日から二週間以上も経つのか――よく咄嗟《とっさ》に答えられるな。

無理に取り繕った様子はなかった。

これで演技なら私は人間不信になるぞ。

「……そうか」

それ以前について追及することもできたが、していないと言った相手を詰問したくはない。

彼女を、信じてみようと思う。

「やっぱり、そんな分別のつかない方じゃありま——むぎゅ」

囁《ささや》くパートナーの鋏角《きょうかく》を押さえて黙らせる。

まだ何も解決していないというのに安堵《あんど》を覚え、同時に押し寄せてくる罪悪感と自己嫌悪。

肩は軽くなったが、苦々しい気分になる。

「どうして尾けられていると思われたのですか？」

そんな私を見て、アズールノヴァは当然の質問を投げかけてきた。

真っ先に疑ってきた相手を心配する視線が辛《つら》い。

だが、答えないわけにはいかない。

「旧首都にいる私を盗撮した写真が出回っている、らしい」

その一言で、アズールノヴァの纏う雰囲気が変質した。

よく似た感覚を知っている。

これは、インクブスを捕捉した時にファミリアが見せる無機質な敵意だ。

「なるほど、それで私ではないかと思われたのですね」

「……ああ」

それを一瞬で霧散させ、眉尻を下げて困ったように微笑《ほほえ》む少女。

ライカンスロープへ刃《やいば》を向けた時と同じ、制御不能な何かを感じた。

どこか底知れないアズールノヴァに戸惑いつつも、まずは疑ったことを謝罪する。

「すまなかった」

「いえ、シルバーロータス様の危惧《きぐ》は理解できますので……盗撮するような輩《やから》は必ずエスカレートしていくでしょうから」

輩と口にした時だけ温度が体感で二度ほど下がった気がする。

敵と判断したものへの反応が極端だ。

どこか危うい。

「旧首都で行動できるとなればウィッチですね。私以外に心当たりはありませんか？」

「ない」

「ないですね」

「そ、そうですか……」

はっきり言い切るとアズールノヴァは、なんとも言えない複雑な表情を浮かべた。

私と遭遇したウィッチは二度と会いたくないと思う経験をしている。

わざわざ私に会いたいと思う候補者は、今のところ一人しか思いつかないのだ。

「でも、シルバーロータス様のファミリアが見逃すとは思えませんね」

「ファミリアたちはウィッチを認識しても基本的に無視するので……」

「え、そうなんですか!?」

第10話 「疑義」

パートナーの補足に目を丸くして驚くアズールノヴァ。

ファミリアの敵味方識別はインクブスか、それ以外にしている。

複雑な判断基準を設け、事故を引き起こしたら目も当てられない。

それに関して変える気はなかった。

だが――

「プライベートまで追ってこられると厄介だ」

「そうですね」

「むう……」

盗撮と尾行の対策をできないものか。

変身のたびにいらぬ気苦労はしたくない。

細い指先を頬に添えて考えるアズールノヴァ、頭を前脚で器用に撫《な》でるパートナー。

陽光の射し込むベランダに沈黙が訪れる。

「よし、分かりました」

テレパシーだけでファミリアを指揮する案を真面目《まじめ》に検討し始めた頃、アズールノヴァが意を決して口を開いた。

「シルバーロータス様、私に任せてもらえませんか？」

「おぉ……！」

ぱくりと簡単に食いついてしまうパートナー。

ここまで話しておいて今更ではあるが、安易に任せていい話ではない。

インクブス以上に厄介な相手かもしれないのだ。

「いや、これは――」

「私、実は人探しが得意なんです」

前屈《まえかが》みになって私の手を取る少女の目は、いつにも増して真剣だ。

一切の打算を感じさせない真っすぐさに、おそらく私は弱い。

彼女と相対するようになってから知った。

拒みづらい。

「お願いします！　お役に立ちたいんです！」

時折、彼女の見せる危ういところが気がかりではある。

だが、人探しだけなら断るような申《もう》し出《で》ではない。

ないはずだ。

「……無理はしなくていい」

「はい！」

蒼いウィッチの返事は、蒼穹《そうきゅう》のファミリアにまで届きそうなほど活力に満ちていた。

これで良かったのだろうか？

第11話「信心」

華々しく戦い、人々を救うウィッチに憧れる少女は多い。
アズールノヴァを名乗る少女もまた憧れを抱いた者の一人だ。
それは無知ゆえの憧れだった。
インクブスは悪辣《あくらつ》な敵であり、敗北すれば凄惨な末路が待っている。
だが、無知の犠牲なくして人類の未来はない。
その残酷な現実を前に、一度は膝を屈した。
しかし、絶望に満ちた世界で咲く華に魅せられ、少女は再び立ち上がった。
瞳を閉じれば、昨日の出来事のように蘇《よみがえ》る記憶。
――霞《かすみ》に包まれた闇の中、雨音が聞こえてくる。
「へっへっ……ヒトの雌《めす》だ！」
そして、ゴブリンの下卑《げび》た声が鳴り響く。
しかし、雨に打たれる制服姿の少女は無視して歩き続ける。
パートナーも連れず旧首都郊外《こうがい》にある河川敷を歩く。

行先《いきさき》はない。

「若い雌だ！」

雑多な足音が近づいてくる。

戦わなければならない。

変質した本能は無意識に反応するが、少女の闘志は潰《つい》えていた。

「このエナは……こいつ、ウィッチだっ」

ナンバーズに近いウィッチと噂《うわさ》される実力者は、期待に応《こた》えるように数多《あまた》のインクブスを屠《ほふ》った。

姉を、親友を、同期を失っても。

しかし、インクブスとの戦いに終わりはなかった。

少女に追いつく矮躯《わいく》の影たち。

「一人で何してんだぁ？」

「知るかよ、とっとと押さえろ」

無言のまま引き倒された少女の瞳は、ただ濁った空を無為に映す。

ある日、無力感と絶望が許容を超えた。

かつて見た憧れの後ろ姿は、虚構であると理解した。

「泣き叫ばねぇし、つまらねぇな」

「ならば、泣かせてやろうか？」

第11話　「信心」

ゴブリンの背より現れる影に一瞬、目を見開く。

筋骨隆々とした巨躯《きょく》を誇るインクブス、オーガである。

それに嬲《なぶ》られたウィッチの末路は輪をかけて悲惨とされる。

体は強張《こわば》るが、手足を押さえられた少女は何もかも諦めていた。

「へっへっ……旦那がやったら一発で壊れちまうぜ」

「ふん、冗談だ。弱い雌に興味などない」

安堵《あんど》するゴブリンたちは気を取り直し、少女の肢体へ手を伸ばす。

ウィッチの最期が、野鳥のように確認されることは滅多にない。

嬲られた少女たちは異界へ連れ去られ、そこで苗床《なえどこ》となって一生を終える。

「さぁ、まずは俺からだぁ！」

絶望に心折れた少女も、そうなるはずだった。

――空より雨と共に降ってきた影。

その場にいた者は、落下物の質量が跳ね飛ばした飛沫《しぶき》を全身に浴びる。

「なんだ!?」

突然の襲撃に浮足立つインクブス。

その中で、最も冷静であったオーガが落下物の正体を看破する。

「ギレス！」

それは、あらぬ方向に胴体の折れ曲がった同族の骸《むくろ》。

その腹部は大きく陥没し、脊椎までを砕《くだ》いていると一目で分かった。

ゴブリンは抜け殻の少女にナイフを突きつけ、オーガは得物を握り直して周囲を見回す。

「ウィッチか！」

「どこから来るっ」

視力の優れたインクブスとて雨天では視野が狭まる。

雨音に増水した川の流れる音も加わって、周囲の音は輪郭がぼやける。

しかし、確実に接近してくる足音。

無意識のうちに方角を推し量ってしまう少女。

「後ろか！」

雨の生み出す灰色の闇から現れた巨大な影へオーガは得物を振り抜いた。

戦車の装甲すら破壊する必殺の一撃が雨粒を散らして迫る。

オーガは勝利を確信した。

だが、相手の一撃は雨粒を蒸発させる速度で放たれる。

衝撃波が雨粒を吹き飛ばす。

そして、破壊に耐えかねた鉄塊は金切り声を上げて破断する。

「なんだと!?」

インクブスたちは驚愕《きょうがく》する。

馬鹿な、信じられない、と。

第11話「信心」

自慢の鉄塊が宙を舞って、墓標のように河川敷へ突き立つ。

それは一体のゴブリンを巻き込み、血の混じった泥水が少女を汚す。

「こいつ――」

ウィッチのように鮮やかな玉虫色の襲撃者は、巨体に見合わぬ速度でオーガに肉薄する。

そして、腹部に格納された捕脚を解き放つ。

本能的にオーガは両腕をクロスさせ、それを正面から受けた。

受けてしまった。

「ぐがぁっ!?」

両腕の骨が粉々に粉砕される異音が雨音に吸い込まれていく。

だが、スマッシャー《打撃型》の襲撃者は一打で終わらない。

腹部へ戻された捕脚は再び力を蓄《たくわ》え、オーガの胸部に向かって解放された。

鈍《にぶ》い破裂音、そして――巨躯は雨空を舞った。

肉弾戦を得意とするインクブスの中ではトップクラスのオーガ。

その巨躯は無惨に河川敷の緑へ叩《たた》きつけられ、沈黙する。

「化け物だぁ！」

「に、逃げろ！」

泡を食って逃げ出すゴブリンを、水晶のような眼《め》が睥睨《へいげい》するも追撃はない。

その堂々とした佇《たたず》まいは、間違いなく上位者であった。

ただただ、その姿に少女は圧倒され、鮮やかな触角と鱗片《りんぺん》の輝きに魅入られる。

「ぎゃぁあぁ！」

断末魔の声、続いて骨肉を噛《か》み砕《くだ》く咀嚼音《そしゃくおん》が河川敷に響く。

少女が振り向いた先では、逃げ出したゴブリンたちが貪られていた。

人間大カマドウマの一群に。

緑色の矮躯が斑模様《まだらもよう》の影に覆い隠され、長い触角が揺れる。

「すごい……」

少女の声に嫌悪感は微塵《みじん》もない。

人類の敵であるインクブスを獲物と認識し捕食する姿は、まさに絶対強者。

マジックを駆使し、撃滅を第一とするウィッチでは到達し得ない。

雨に打たれながら座り込む少女は、その光景を眺めていた。

「無事か」

「え……？」

背後から投げかけられた声は幼く、しかし無邪気さの欠片《かけら》もないものだった。

この人外魔境に人がいるものか、と振り向けば幽鬼のような人影。

目深《まぶか》に被《かぶ》ったフードの奥で紅《あか》い目が瞬《まばた》き、ようやく人と気づく。

「あなたは……」

エナの塊のような極彩色《ごくさいしき》のファミリア《使い魔》が首を垂れる者。

聞くまでもない。

だが、それでも問うてしまった。

「ウィッチだ」

言うが早いか、そのウィッチは羽織っていた鼠色《ねずみいろ》のオーバーコートを外す。

その下より現れたウィッチの風姿に、少女は思わず息を呑《の》む。

花――そうとしか形容できない。

纏《まと》った白磁《はくじ》のポンチョ、ロングスカートは控えめな刺繍《ししゅう》が施されている。

しかし、それが大輪の花びらを思わせた。

堅牢《けんろう》な作りのロングブーツは茎、ククリナイフを収める新緑のシースは葉のよう。

「被っていろ」

「え、あ、ありがとうございます……」

見惚《みと》れていた少女にコートを被せたウィッチは、瞬《またた》く間《ま》に雨で濡《ぬ》れていく。

雨水を受けてなお、静かな生命力を感じさせる装束《しょうぞく》。

その首元にかかる銀髪から小さなハエトリグモが顔を覗《のぞ》かせる。

エナの気配からウィッチのパートナーであると少女は直感的に理解した。

「新手のオーガです……数は五体」

「大盤振《おおばんぶ》る舞《ま》いだな」

淡々とした会話は、まるで世間話のように聞こえる。

しかし、少女の体は無意識のうちに強張《こわば》り、与えられたコートを握り締めていた。

序列の高いウィッチでも死闘は免れない相手が五体。

普通であれば逃げなくてはならない。

いかに強力なファミリアがいようと数は力だ。

勝機はない。

「どうしますか？」

「やるぞ」

パートナーの問いへウィッチは当然のように答えた。

耳を疑う言葉に思わず少女は顔を上げる。

銀髪より覗く横顔は焦燥も悲観もなく、研ぎ澄まされた鋭利《えいり》な刃《やいば》のように美しい。

「やれますか」

「やるとも」

静粛に満ちていながら雨音には吸い込まれない声。

それに応え、濁流となった川より姿を現す玉虫色のファミリア。

数にして四体。

河川敷へ上陸を果たし、主《あるじ》の背後へ控える姿は王を守護する近衛《このえ》のよう。

それが当然とばかりに小柄なウィッチは振り向かない。

「……どうして、ですか？」

第11話 「信心」

少女には、理解できなかった。

ウィッチが内包するエナは微弱、もうファミリアを召喚する余力はない。

しかし、まるで臆した様子がない。

オーガが五体だけで行動するはずがないというのに。

「どうして戦えるんですか？」

ゴブリンを全て片付けたカマドウマが跳躍して、灰色の闇へと消える。

紅い瞳は闇の果てまで見通しているかのように、その姿を見送った。

そして、やはり当然のようにウィッチは答える。

「インクブスどもがいるからだ」

「どれだけ倒しても終わらないのに？」

目の前にいる脅威を退けたところでインクブスは再び現れる。

今以上の数を引き連れて。

いつかは敗北し、惨たらしい最期を迎えるに違いない。

「理由にならない」

そんな悲観的な未来予想を斬り捨てる言葉。

その切れ味に少女は耐えられず、腹の奥底から言葉を絞り出した。

「十分な理由じゃないですか！」

痛々しい少女の叫びが雨に吸い込まれ、急速に散らばっていく。

正面を見据えていたウィッチが、少女を真っすぐ見る。

一切の迷いもなかった紅い瞳には、複雑な色が浮かんでいた。

それから一呼吸ほど置いて、ウィッチは口を開く。

「ウィッチか」

「……はい」

どうしようもない醜態を晒《さら》しながら、救出に現れたウィッチを惨めな会話へ付き合わせている。

オーガという脅威が迫る中で。

一呼吸の時間によって、それを冷静に認識できてしまった少女は顔を俯《うつむ》かせる。

「私にとって、それは理由にならない」

改めてウィッチは言う。

少女の心を折ってしまった絶望は、自分にとって絶望たりえないと。

しかし、今度は続きがあった。

「インクブスどもが数を揃《そろ》え、策を練ろうが正面から叩き潰す」

声色に変化はなく、どこまでも淡々とした口調。

その言葉一つ一つを少女の耳は確かに拾い上げる。

雨音など些細《ささい》なものだった。

「ウィッチの一人や二人、肩代わりできる戦力で」

誇示するわけでもなく、驕《おご》るわけでもない。

今まで実行してきたのだと思わせる語り。

それを終えた小柄なウィッチは、しゃがみ込んで少女と目線を合わせる。

どこか恐る恐る、しかし意を決して――

「今まで……よく、がんばったな」

少女の頭を撫《な》でた。

壊れ物に触れるような手つきで。

濡れた手から伝わる心地よい熱、そして口元に浮かべられた優しい笑み。

頼られるだけだった少女は、初めて、救われた。

「あとは」

無粋な足音を耳にしてウィッチは息を吐きながら立ち上がる。

口元の笑みを消し、シースからククリナイフを抜く。

やはり、その横顔は刃のように美しい。

「任せろ」

そう言って背を向けるウィッチの姿は、かつて少女の憧れたウィッチそのものだった。

◆

「こんばんは、アリスドール」

鈴を転がすような声で淑《しと》やかに挨拶する少女。

舞踏会にでも行くようなドレスを身に纏い、身の丈ほどもあるソードを片手で持つ姿は、紛《まご》うことなきウィッチだ。

パートナーが見当たらない点を除けば。

「ど、どうして？」

エプロンドレス姿のメルヘンチックなウィッチ、アリスドールは震える喉から言葉を絞り出す。

その問いを聞き、蒼《あお》いウィッチは口角を上げる。

折れ曲がった街灯から見下ろす先には、蒼い焔《ほのお》に包まれる懐中時計があった。

「そうですね……白ウサギは遅刻してませんけど」

やがてエナが揺らぎ始め、懐中時計は砂のように崩れ出す。

アリスドールのパートナーだったモノが跡形も残らず消えて去っていく。

「アリスを導く仕事を果たさなかったので——」

街灯より一歩踏み出して自由落下した蒼い影は軽やかにアリスドールの眼前へ降り立つ。

かつり、とヒールが雅《みやび》な音を路地に響かせた。

「消えてもらいました」

ウィッチをウィッチたらしめる存在、それを消滅させるなど聞いたことがない。

しかし、蒼いウィッチは一切の躊躇《ちゅうちょ》も容赦もなく、アリスドールのパートナーを消滅させた。

ひどく手慣れているように見えた凶行。

だが、眼前のウィッチに恐怖する理由は、それだけではなかった。

「どうやって私を見つけたんですか？」

アリスドールはマジックによる砲撃を得意とするウィッチだが、彼女の真髄はそこではない。

不思議の国へ入り込むように、あらゆる知覚から消失する。

人もインクブスも欺く隠密《おんみつ》能力こそがウィッチナンバー411、アリスドールの真骨頂。

それが一切通用しなかったのだ。

「私、見えるんです」

「見える……？」

そう言って己の碧眼《へきがん》を指差す蒼いウィッチ。

狭まった瞳孔《どうこう》の奥底には、すべてを吸い込む闇が滞留しているようだった。

「エナが透過する場所は全て」

ウィッチが内包するエナの性質と量には個人差がある。

今現在も放射され続けている彼女のエナは、高い直進性と透過性を有していた。

障壁などは意味を成さない。

その目はインクブスの潜伏場所を見つけ出し、急所を的確に見抜く。

「だから、穴に逃げ込んでも見えるんですよ」

そして、マジックで形成された別次元の穴さえ見通す。

「六割くらいしか感覚は戻せてませんけど」

まだまだです、と淑やかに笑う相手からアリスドールは恐怖で後退《あとずさ》る。

手元にある金色のマレットを振るい、マジックで抵抗しようと無意味だ。

隔絶した実力差が両者の間にはある。

「さて……私が来た理由は分かってますよね？」

声色は変わらずともインクブスを容易《たやす》く両断する刃が月光を反射する。

それだけでアリスドールは路地のアスファルトに恐怖で縫い付けられた。

「ご、ごめんなさいっ！」

反射的に飛び出した謝罪の言葉に、蒼いウィッチはただ苦笑する。

「可愛《かわい》いおいいたなら見逃してあげたんですけど」

「とても綺麗《きれい》な、ビスクドールみたいな人だったから……で、出来心だったんですっ」

エナ不足でオークの追跡から逃れられないアリスドールを救った銀髪赤眼のウィッチ。

第11話 「信心」

白磁のような肌、風に揺らぐ長い銀髪の輝き、そして無垢《むく》で汚《けが》れなきルビーの如《ごと》き目。

人形の蒐集癖《しゅうしゅうへき》があるアリスドールは、それに魅入られてしまった。

「あの方は優しいから許すでしょうね。でも、ネット上で公開するなんて――」

アリスドールの必死な独白を聞き、頷《うなず》き、そうかの一言で許しかねない。

しかし、一枚の写真でも存在が認知されることは、彼女のアドバンテージが一つ失われることを意味する。

「殺されても文句は言えませんよね？」

それを理解するがゆえに、蒼いウィッチは鋭利な切先を突きつけ花が咲くように微笑《ほほえ》む。

最大限の敵意を滲《にじ》ませて。

「ひゅっ」

敵意ある微笑みには、有言実行の意志と迫力を感じさせる。

インクブスの獣欲に満ちた視線ではなく、純粋に相手の殺害を考える視線にアリスドールは震えるしかない。

突きつけられた切先は揺れ動かない――ただ一動作で血溜《ちだ》まりに沈むことになる。

呼吸すら止めて、アリスドールは沈黙に耐える。

永遠に思える沈黙があった。

「はぁ……あの方が助けたウィッチですし、目的は達したのでやりませんけど」

大いに憂《うれ》いを滲ませる溜息《ためいき》を吐《つ》き、切先は下げられた。

二度目のチャンスを与えないことは、生命の不可逆的な破壊以外でも達成できる。
そして、それは成された。
出回る写真は消せないが、その程度で足を掬《すく》われるほど脆弱《ぜいじゃく》な方ではない。
であるならば、反抗しない限り命を奪う必要はない。
ただインクブスを駆逐《くちく》するウィッチとして機能すればいい。
そう、判断する。
「次は、ないですよ?」
それだけ告げて、軽やかに踵《きびす》を返す蒼いウィッチ。
蒼い燐光《りんこう》を微《かす》かに残し、路地の闇へ溶け込むように消える。
遠ざかるヒールの刻む足音。
月下には、鏡の国から飛び出してきたようなウィッチが一人取り残された。
「けほっ……はぁはぁ、かひゅっ」
アリスドールは咽《む》せながら、押《お》し止《とど》めていた呼吸を再開する。
体の震えは収まらないが、それもまた自身が生存している事実。
金色のマレットを抱きしめると、失われたパートナーの存在へ意識が向く。
そして、堰《せ》き止《と》めていた涙が溢《あふ》れ――
「ああ、でも」
不意に、足音が止まった。

第11話 「信心」

「パートナーのいなくなったウィッチは」

まるで言い聞かせるような調子で新たな言葉が紡がれる。

可視化されたエナが舞い、翻《ひるがえ》された蒼いドレスを照らす。

「調子を取り戻すまで弱いですし」

ヒールの刻む足音が戻ってくる。

かつり、かつりと速足で。

再び迫る死の恐怖を前にアリスドールは、震えるしかない。

「あいつらの苗床を増やすのは、だめですよね」

「ま、待ってっ！」

パートナー消滅の元凶が、理不尽な理由を並べながら迫る。

無力なウィッチを見下ろす碧眼は人を映していなかった。

無機質で、どこまでも冷徹な、かのファミリアたちを彷彿《ほうふつ》とさせる目。

「すみません」

「い、いや……やだっ」

アリスドールの周囲で燐光が溢れ、路地の間に星空が広がる。

眼前に現れたソードへエナが収束していき、煌々《こうこう》と蒼く輝き出す。

「やっぱり死んでくれますか？」

そう一方的に宣告し、アズールノヴァを名乗るウィッチは刃を振り抜いた。

第12話「狐火」

インクブスどもの目的は人類を滅亡させることではない。

その行動の全ては人類を害するものだが、イコールではない。

最終的な目的、それは人類の家畜化だと私は考えている。

その片鱗《へんりん》が見られる例として、大陸では最低限の統治機関が生き残り、インクブスに人《ひと》身御供《みごくう》している地域があるという。

他にも人類に必要不可欠な物資やインフラを積極的に破壊しないなど、インクブスには明確な意図が見られる。

ゆえに、食品や生活必需品といったものが普通に店頭へ並ぶ。

前世とそう変わらない光景が、今世でも見られるのだ。

「東《あずま》さん、豚肉お好きなんですか？」

「安いからな」

「主婦してますね、東さん」

部活動に所属していない私は、放課後になるとスーパーへ足を運び、夕食の材料を買って帰る。

本日のメニューは、豚肉とナスの野菜炒めだ。

主婦の何気ない会話、食材の重みで揺れるエコバッグ、そして沈む夕陽《ゆうひ》。

この世界は平和なのではないかと錯覚しそうになる。

だが、いずれ鳴り響く外出禁止のサイレンで現実に引き戻されるのだ。

「でも、たまには贅沢《ぜいたく》をされてもいいと思いますよ？　先程すれ違ったご婦人は、すき焼き鍋を作られるそうです！」

他所《よそ》は他所。

贅沢をできるだけの、何不自由しないだけの生活費を父は振り込んでくれている。

だからといって使い込んでいいわけではないのだ。

そして、なにより私は――

「牛肉の甘さが苦手なんだ」

「東さん、苦手なものがあったんですね」

「私をなんだと思っているんだ？」

心の底から意外そうな声を頭上から降らせてくるパートナー。

私にだって苦手なものはあるぞ。

芙花《ふうか》の前ではおくびにも出さないが。

「あ～東さんだ～」

第12話 「狐火」

私を呼ぶ声に振り向けば、見慣れたチェック柄のスカートが揺れる。
私が出歩いているのだ。
帰宅中の生徒、クラスメイトと出会うこともあるだろう。
ただ、タイミングがよろしくなかった。
パートナーとの会話が聞こえる距離ではない。
しかし、そうなると私は独り言を呟《つぶや》く危うい女子生徒になるのだ。
人通りが途絶えたからと油断していた。
どう誤魔化《ごまか》す？
「こん、こん……こんにちは？」
戦々恐々とする私に、脱力しそうな挨拶が投げかけられる。
小さく首を傾《かし》げ、長い三つ編みを揺らすクラスメイト。
なぜ疑問形なんだ。
「……こんにちは」
小さく挨拶を返す私に歩み寄ってきたクラスメイトは、珍しく身長差がなかった。
どこか眠そうな、目尻の下がった瞳が私の手元へ向けられる。
「お買い物？」
視線の先には手元からさげたエコバッグ。
それに対して思わず無言で頷《うなず》いてしまう。

口下手《くちべた》というより根本的なコミュニケーション能力に問題がある。

これでは口が飾りだ。

「えっと……」

加えて致命的なのは、名前を覚えることも苦手ということ。

クラスメイトだった憶《おぼ》えはあるが、そこまでしか分からない。

それを察したらしい彼女は、のんびりとした口調で名乗った。

「政木《まさき》、政木律《りつ》だよ〜」

政木と聞いて、ようやく虫食いだらけな名簿から名前を引き当てる。

シモフリスズメの絵が上手《うま》い金城《かなしろ》と席が近かった女子だ。

クラスメイトの名前を憶えていない自分に落胆しつつ次なる言葉を紡ぐ。

「政木さんも買い物に？」

相手の手元にも手提げバッグ。

可愛《かわい》らしい狐《きつね》の刺繍《ししゅう》が施されたそれは、そこそこ物が入っているように見受けられた。

「そうだよ〜奇遇だね」

まったく予想外だったよ。

いつから背後にいたのか聞きたいところだが、どう切り出したものか。

「東さん、自炊するんだ〜」

のんびりとした口調で話題を振ってくる政木律。

聞かれていない可能性を一瞬考えるが、やめておく。

一思いに言ってくれないだろうか。

「意外？」

「うん」

長い三つ編みが頷きに合わせて揺れる。

心外だ、とは言えない。

授業中を除いて活動的ではない私から俗に言う女子力など感じまい。

「いつも惣菜《そうざい》パンしか食べてないでしょ？」

思わぬ不意打ちに固まる。

いつも昼休憩になると姿を消す私など誰も気にしていないと思っていた。

誰が見ているからといって何が変わるわけでもないが。

「……手軽だから」

「え～育ち盛りなのに……しっかり食べないとダメだよ～」

そう言って彼女がバッグから取り出したのは――お稲荷《いなり》さん？

「これ、おすすめ～」

「あ、ありがとう」

半額シールの貼られたパックを差し出し、ふにゃと笑うクラスメイト。

「うんうん」

満足そうに頷く彼女を見て我に返る。

何を普通に受け取っているんだ、私は!?

邪気のない笑顔を前に断れなかったが、これは——

「あ、時間」

お稲荷さんのパックを受け取る瞬間、腕時計《うでどけい》が視界に入った。

その使い込まれた男性用の腕時計を確認し、政木は一歩下がる。

「ごめん、そろそろ行くね～」

「あ、うん」

返品の交渉を始める前に、長い三つ編みが私の前を横切った。

そして、小さく手を振るクラスメイトへ反射的に振り返してしまう。

「また来週～」

茜色《あかねいろ》に染まる夕刻の通りを小走りで去っていく背中を見送る。

「……また、か」

ぴょんぴょんと跳ねる三つ編みが見えなくなるまで。

それからお稲荷さんをエコバッグへ入れ、率直な感想を口にする。

「なんだったんだ?」

「政木さん、よくぞ言ってくれました……しっかりと昼食は食べましょう、東さん!」

それは百も承知だが、朝から弁当を二つ作るのは手間がかかるのだ。

第12話 「狐火」

私の体は一つしかない。

◆

豚肉は好きと言ったが、オークの群れは求めていない。

エナの総量から獲物として好むファミリアは多いが、インクブスなどいない方がいい。

深夜の旧首都で相対するたび思う。

「うわぁぁぁぁ！」

悲鳴が私の頭上を飛び越え、どんっと鈍《にぶ》い音が降ってくる。

見上げればオフィスビルの外壁に突き刺さって沈黙するオーク。

相当な重量のはずだが、体長と同寸の頭角を誇る重量級ファミリアには軽いものらしい。

これで二体目だ。

「ドナート！」

「余所見《よそみ》するな！　来るぞ！」

頭角と胸角を開け、ゆっくりと前脚を進めるヘラクレスオオカブトを前に後退《あとずさ》るオーク。

たとえるなら大型トラックと軽自動車、その差は絶望的だ。

戦士を自称するオークどもは重量級ファミリア八体と正面衝突し、文字通り轢殺《れきさつ》されている。

「化け物が――」

交通事故を思わせる衝突音。

視界の端でボールのように跳ねる影が、路肩のガードレールを吹き飛ばす。

ボールもといオークを撥《は》ねたアトラスオオカブトは三本角からエナを滴《したた》らせ、次なる敵へ矛先を向けた。

「くたばりやがれぇ！」

野太い雄叫《おたけ》び、そして重い風切り音を伴ってクラブが迫る。

ウィッチ相手なら十二分な威力だろうが、厚い外骨格には痛痒《つうよう》たり得ない。

い、い、い、その程度では闘争心の塊に火をつけるだけだ。

骨肉の砕《くだ》ける鈍い音を響かせ、オークは宙を舞った。

「サンドロたちはまだか!?」

「くそっ撤退すべきだ！」

当初二三体を数えたオークどもは今や七体。

すっかり及び腰になっている。

この場から抜け出せた伝令は、即応したスズメバチが肉団子に変えた。

だが、現在進行形で発生している騒音は近隣まで聞こえているはず。

お望みの増援が来るのは時間の問題だろう。

「なん……だと……！」

第12話 「狐火」

くるくると宙を舞う刃《やいば》が月光で瞬《またた》いた。

漆黒《しっこく》の外骨格と下手に打ち合えば、自慢の得物も容易《たやす》く折れる。

唖然《あぜん》とするオークの胴体に大顎《おおあご》が食い込み、その重量をものとせず持ち上げて——

「ぎゃぁあぁぁ！」

ぱん、という破裂音。

夜空を真《ま》っ赤《か》な飛沫《しぶき》が舞い、荒れ果てたアスファルトとヒラタクワガタを彩《いろど》る。

見慣れたスプラッターな光景だ。

夜戦——それはファミリアとなっても夜行性らしい彼らの独壇場。

この荒れ果てた酷道《こくどう》はインクブスどもが凱旋《がいせん》するための大通りではない。

重量級ファミリアが存分に力を振るうためのフィールドだ。

「これを呼び出さなくてもやってくれないものか」

彼らは強力なファミリアだが、その巨躯《きょく》の維持に多くのエナを必要とする。

しかし、食性の問題なのか、インクブスを捜索してまで攻撃しない。

もっぱらスズメバチの加工した肉団子がエナの供給源である。

こうして呼び出せば、他の追随を許さない活躍を見せてくれるのだが。

「それは難しいかと……彼らにもモチベーションがありますし」

「私にアピールしても仕方ないだろ」

「そ、そうですね——南東からオークが一八体、接近中です」

歯切れの悪いパートナーは、一瞬でスイッチを切り替えて報告する。

五体――訂正、一体になった――を残すところで増援は間に合ったようだ。

「仕掛けは？」

「いつでも」

こちらへ向かってくる足音は重なり合って地鳴りのようだった。

密集している証拠だ。

「やるぞ」

酷道もとい元国道に現れるオークの一群。

驚愕《きょうがく》はすぐ憤怒《ふんぬ》の表情へ変わり、各々が得物を構えて突撃してくる。

当然の話ではあるが、狭い道より広い道の方が数を生かしやすい。

だが、その道は、いや旧首都は誰が作り出したモノか知るといい。

「**サンドロ！**」

喜色に満ちた声が上がった瞬間、オークの一群が視界から消える。

「**何だ!?**」

「**じ、地面が！**」

アスファルトの大地が大口を開けてオークの一群を飲み込む。

「**ぎゃぁあああ！**」

行先は地面の下、ここが旧首都となる前、かつて地下鉄が走っていた空間だ。

第12話「狐火」

そこでインクブスどもを出迎えるのは、ファミリアの大顎しかない。

「囲まれてるぞっ」

「わ、罠《わな》だ！」

「ぐわぁぁぁぁ……」

地下の闇で反響する怒号、遠ざかっていく悲鳴。

地下鉄を改装するシロアリ、そこを巡回するオオムカデとゲジ、そして崩落の主要因たるケラ。

ここからでは見えないが、一〇〇体に及ぶファミリアが競い合ってオークを解体している。

「成功ですね」

「ああ」

実のところ仕掛けというほどのものでもない。

インクブスが通りかかる瞬間、意図的に国道を崩落させる一種の力業《ちからわざ》。

周辺被害を考慮しなくていい旧首都限定の戦術で、手間の割に応用が利かない。

しかし、奇襲効果は高く、誘引さえできれば大規模な群れも殲滅《せんめつ》できる。

「円陣を組っがは!?」

声を張り上げた隊長格と思《おぼ》しきオークの声が途絶え、ファミリアが崩落箇所の中心へ殺到する。

まるで大波が小島を飲み込むように。

「く、来るなぁぁぁぁ！」

耳障《みみざわ》りなインクブスの絶叫は――ぴたりと止《や》む。

後には、肉を咀嚼《そしゃく》する音だけが残った。

一分と経《た》たず解体を終え、戦利品を咥《くわ》えたシロアリたちは早々に引き上げていく。

すぐ崩落箇所の修復のための替わりが来るだろうが。

「う、うそだろ……ぐぇ!?」

それを呆然《ぼうぜん》と見下ろすオークを長大な頭角と胸角が上下から挟み、無造作に放り投げた。

重力に囚《とら》われた者は等しく落ちる。

豚面のインクブスはアスファルトより下に広がる奈落へ落ちていった。

「あぁぁあぁああ！」

「あれで最後のようですね」

「この規模だ。まだ分からない」

上空のスズメガが捕捉した群れは駆逐《くちく》したが、オークだけとは限らない。

ここ最近、旧首都に現れるインクブスの群れは規模が大きくなっている。

原因は不明だが、警戒すべきだろう。

ぐいぐいと頭を擦《こす》りつけてくるアトラスオオカブトを押《お》し止《とど》めつつテレパシーを――

「あ〜本当にいた」

第12話　「狐火」

ひどく場違いで緊張感のない声が頭上から降ってくる。

見上げた夜空には、時代錯誤《じだいさくご》な紅《くれない》の和装に身を包む人ならざる者が浮かんでいた。

天を衝《つ》く狐の耳、揺れ動く九つの尻尾《しっぽ》、ぼんやりと光る翠《みどり》の目——妖《あやかし》ではない。

ウィッチだ。

こんなところにウィッチがいる。

「わ、大きなカブトムシ……かっこいい」

「確かに、立派なファミリアじゃな」

男児のように目を輝かせる紅のウィッチ、そして胸元で明滅する勾玉《まがたま》のパートナー。

両者から悪意は感じないが、意図も読めない。

インクブスの最多出現地域、その中心部とはウィッチにとって敵地に等しい。

私にとってはファミリアの狩場でも普通のウィッチからは忌避《きひ》される場所なのだ。

「何か用か」

妖ではないと言ったが、怪しいのは間違いない。

口から出る声は自然と硬質なものになる。

しかし、紅のウィッチは気にした様子もない。ゆっくりと目を閉じ、両腕を組んで黙考の姿勢。

いや、待て。

考えるようなことなのか？

「用、用……」

「悩むところかの？」

ウィッチの周囲を所在なさげに青白い狐火《きつねび》——マジックの一種と思われる——が回る。

奇妙な沈黙があった。

月光を背にスズメバチの群れが通り過ぎ、なお頭を擦りつけてくるアトラスオオカブトの頭を叩《たた》く。

ぺちっと間抜けな音が響き、翠の目が開かれる。

「お礼参り？」

「うむ……うむ？　待つのじゃ、それは誤用じゃ！」

「……報賽《ほうさい》される覚えはないが」

「稀有《けう》な返しじゃな!?」

第13話 「尻尾」

ウィッチの装束《しょうぞく》は、己の意思を反映した形にできる。

私の場合、ファミリアへエナを供給するため必要最低限のもの。

装飾《そうしょく》など不要だ。

しかし、変身に伴う人体の変化は己の意思ではどうにもならない。

パートナー曰《いわ》く髪や眼の変色が多いらしく、私の場合は髪が銀に、眼が紅《くれない》に変化する。

「ほうさいいって何?」

頭上の尖《とが》った狐耳《きつねみみ》、毛玉の塊のような尻尾《しっぽ》。

首を小さく傾《かし》げる紅のウィッチは、人間の形態を逸脱しているように見えた。

「願いが叶《かな》ったお礼に神仏に参拝することじゃな。つまりお礼参り――」

「ツチノコは神様だった……?」

「ベニヒメや、話を聞いてくれんか?」

夜空で珍妙な問答を続けるウィッチとパートナー。

演技をしているような不自然さはないが、平常運転とすればパートナーの苦労が偲《しの》ばれる。

アトラスオオカブトの艶《つや》やかな頭に手を置きながら、そんなことを思う。

「ベニヒメ、か」

とても旧首都とは思えない弛緩《しかん》した空気の中、私は耳にした名を口に出す。

芙花《ふうか》が好きな食べ物に、似た響きのものがあったような。

「うん、ベニヒメ」

狐耳が私の言葉を拾って動き、紅のウィッチことベニヒメは夜空より旧首都へ降り立つ。

荒れ果てたアスファルトの地を下駄《げた》が踏み、からんと音が鳴る。

風に揺れる紅の和装を見て、脳裏に解が過《よぎ》った。

「さくらんぼか」

「おぉ〜私は、いちごだと思ったよ」

「いや、思わんじゃろ」

どちらも気軽に手の出せない高級品となって久しい。

この世からインクブスを一体残らず駆逐《くちく》する日まで、芙花に振る舞うことはできないだろう。

遥《はる》か未来を眺める己に蓋をして、紅のウィッチと相対する。

聞く必要がある——私を探していた用件について。

「それで、用件はなんだ」

第13話「尻尾」

ここはインクブスの最多出現地域。

普通のウィッチであれば近寄らない。

ここまで一切の悪意は感じなかったが、それでも警戒心を呼び戻す。

「今日はね～お礼を言いに来たんだよ」

「お礼？」

のんびりとした口調で告げられた用件に思わず眉を顰《ひそ》める。

わざわざ礼を言うためだけに旧首都まで？

まったく心当たりがない。

「この前、ナンバー8を助けてくれたでしょ？」

私の訝《いぶか》しむ視線を受けようとベニヒメは穏やかな表情を崩さなかった。

ナンバー8といえば、芙花の母校で遭遇したゴルトブルームのこと。

であるとすれば、ベニヒメはナンバーズに名を連ねるウィッチか。

いや、それは早計だ。

「後遺症は……大丈夫か？」

目の前に佇《たたず》むウィッチがナンバーズか、近しい存在であれば答えられる問い。

そして、私にとって最も気がかりだった事を聞く。

「大丈夫だよ。そろそろ復帰する予定だって～」

ベニヒメは一瞬だけ目を見開くが、すぐ目尻の下がった優しい表情に戻る。

「そうか」

少し、ほんの少し肩の荷が下りた気が——錯覚だ。

彼女の発言が真実とは限らない。

真実であっても一人の少女がウィッチとして再び戦う現実があるだけ。

何も変わっていない。

視線を逸《そ》らした先には、月光浴中のヘラクレスオオカブト。

まだ、私にはやるべきことがある。

「すまない、少し待ってくれ」

翠《みどり》の目を瞬《またた》かせながらベニヒメは頷《うなず》く。

仕事を終えたファミリアへ引き上げを指示し、二二体分のオークを片付けるためシロアリを呼び出す。

重量級ファミリア七体の厚い鞘翅《さやはね》が開かれ、現れた透明の後翅《こうし》が振動を始める。

「おお、飛んだ～！」

大型トラックばりの巨体が浮き上がり、重い羽音と共に夜空へと消えていく。

それを見上げ、歓声を上げるベニヒメ。

「お前も行くんだ」

最後まで残ろうと粘るアトラスオオカブトへ直々に声をかけ、スズメバチの待機する電波塔を指差す。

第13話「尻尾」

ゆっくりと離れ、しかし鞘翅は開かず、とぼとぼと去っていく大きな影。

それを見送って、ようやくベニヒメへ向き直る。

「待たせた」

「お母さんみたいだね～」

翠の目を細め、柔らかな笑みを浮かべるベニヒメ。

私のエナから生み出されたファミリアにとって私は母親に当たるのか？

いや、そんなことはいい。

私は翠の目を正面から見据え、口を開く。

「礼なら必要ない。私はインクブスを屠《ほふ》った、それだけだ」

謙遜ではない。

突き放すように、ただ無感情に事実を告げる。

そこにいるインクブスを屠っただけだと。

「そっか」

「ああ」

ワンマンの気質があった彼女と連携は難しくとも支援の手段はあった。

しかし、私は方針を変えることはなく、インクブスどもの駆逐《くちく》に終始した。

未成年が戦う現状を嫌っていながら、私は行動しなかった。

だから、礼を言われるようなことは——

「ナンバーズも無敵じゃない……そんな当たり前のことを忘れてた」

それでもベニヒメは私に語りかけてきた。

のんびりとした口調は鳴りを潜め、一言一言を確かに紡ぐ。

「あの場に貴女《あなた》がいなかったら、大切な友達を失ってた」

そして、強い意志を宿した目で見返してくる。

一歩も譲らないと、そういう目だ。

「だから……どう貴女が思っていても、感謝の言葉だけは伝えるよ」

感謝されるためにやっているわけじゃない。

正確には、感謝されるようなウィッチじゃない。

感謝の一言もないのは当然だと言うのに、最近はイレギュラー続きだ。

どうにも調子が狂う。

「本人も連れてきたかったけど……断られちゃってね～」

「だろうな」

そう言ってベニヒメは困ったように笑う。

己の実力に自信を持つゴルトブルームにとってあの日の出来事は忘れ去りたいものに違いない。

なによりモンスターパニックのような世界を生み出す私に好んで会いたいと思う者は
――いなくもないが、稀《まれ》だ。

第13話　「尻尾」

予想通りの反応だった。

「だから、私だけでも……ね」

しゃなりしゃなりと歩み寄ってきたベニヒメ。

耳と尻尾で大きく見えたが、背丈は私と同程度。

しかし、紅の和装を見事に着こなし、月光の下に佇む姿は比べられない。

月とすっぽんだ。

「改めまして――ありがとうございました」

そう言ってベニヒメは深々と頭を下げる。

誠心誠意という言葉が形を成したような美しい一礼だった。

「……そうか」

この一言を伝えるためだけに旧首都へ赴くはずがない。

何か打算があるに違いない。

そんな疑心を封じ込めたくなる真摯《しんし》なものだった。

「うん、伝えたいことは伝えたし……」

頭を上げた紅のウィッチは、穏やかな微笑《ほほえ》みを浮かべる。

微《かす》かな差だったが、その微笑みは安らいで見えた。

「お暇《いとま》しようかな～」

「いやいや、何を言っておるのじゃ!?」

踵《きびす》を返そうとするベニヒメを勾玉《まがたま》のパートナーが慌てて止めに入る。

「えぇ……インクブスもいないし、何かあった？」

「え、我言ってたはずじゃよな？」

両者が疑問符を浮かべる会話に脱力しそうになる。

段取りぐらいはしておけよ。

「数多《あまた》のネームドを屠ってきた技を聞かんでどうするのじゃ!?」

数多と言うほどネームドを屠った覚えはなく、技と言うには単純。

個を群で圧殺《あっさつ》し、群に群で相対するだけ。

その一部始終はゴルトブルームも見ただろうに、伝えていないのか？

「え～今日じゃないとだめ？」

「だめじゃろ……いつ会えるか分からんのじゃぞ？」

ちかちかと瞬く勾玉に語りかけるベニヒメは、駄々をこねる子どものようだった。

いや、子どもであることに違いはないか。

「大丈夫、大丈夫、また会えるから～」

私がウィッチとして活動する時間は不定期だ。

ファミリアが主力であるため、必ず現地にいるとも限らない。

そう出会えるウィッチではないと思っているのだが、ベニヒメの言葉には確信めいた響きがあった。

第13話　「尻尾」

「……仕方ないの」

渋々諦めた様子のパートナーに頷き、ベニヒメは私へ振り返った。

九つの尻尾が微かに揺れ動く。

「またね～」

ゆったりと手を振るベニヒメの体が音もなく浮き上がった。

まるで透明の地面が迫《せ》り上《あ》がったかのように。

物理法則の一切を無視するマジックならではの飛翔《ひしょう》だ。

風に紅を靡《なび》かせ、ナンバーズのウィッチは夜空の闇へと消えた。

「い、行かれましたか……？」

ひょこりと私の左肩に登ってくるパートナー。

挨拶の一つでもするものと思っていたが、フードの陰で息を潜めて置物に徹《てっ》していた。

「ゴルトブルームの時といい、なぜ隠れる？」

私に比べて社交的、お喋《しゃべ》りなパートナーに沈黙されると場が持たないのだ。

「お茶会を断った手前、どう格上の方々と話したものかと……」

それは、確かに顔を合わせ辛《づら》い。

主に私のせいだが。

「……挨拶はしろ。より話し辛くなるぞ」

「そ、それは、その通りです……説得力がありますね」

「おい、誰を見て言った？」

◆

そこには、円卓があった。

一面の闇より浮かぶ白磁《はくじ》の円卓。

石から削り出したような荒々しい質感の卓上には何もなく、ひどく殺風景なものだった。

そこへ集う影は大小様々、形態すら異なる魑魅魍魎《ちみもうりよう》たち。

ヒトの天敵たるインクブスである。

「またか……次はどこだ？」

苛立《いらだ》ちを滲《にじ》ませた溜息《ためいき》を受けて、矮躯《わいく》のインクブスは眉を顰めた。

しかし、それだけに止《とど》め、努めて平静に報告する。

数多《あまた》の同志を率《ひき》いる立場にある以上、ヒトを狩り出していた頃のように感情任せとはいかない。

「アニシンが治める巣だ」

「忌々《いまいま》しい」

「いまだ発生源は特定できないのか？」

その場に集った者たちは、憤《いきどお》りと微かな恐れを滲ませる。

第13話「尻尾」

インクブスの支配する異界へ現れた別種の生命体。

ウィッチが生み出したはずのファミリアは予想された消滅時期を超え、活動している。

その脅威は計り知れない。

「これで七二、羽虫どもを育てておるのか？」

最も被害を受けているゴブリンの長《おさ》であるグリゴリーは、その嘲《あざけ》るような声色に拳《こぶし》を握り締めた。

その腕には回収できた同志の首飾りが袖のように連なっている。

「なんだと？」

グリゴリーが反応するより先に険しい表情を見せたのは、隣に座する屈強なオークであった。

腕利きの戦士たちを巣の調査で失った長にとって侮辱に等しい言葉。

背後に控える戦士も微かに殺気立っている。

「よせ、サンチェス」

それを見ることで逆に冷静さを取り戻したグリゴリーはオークの長を諫《いさ》めた。

代わり映えしない大陸の戦況に加え、謎のファミリアによる侵略が始まり、募る苛立ちがインクブスに不和を広げている。

これ以上、溝を深めるわけにはいかないのだ。

「しかしだな……」

最も怒るべき者から諫められ、サンチェスは拳の振り下ろす先を見失う。

「たかが羽虫に、これだけの失態を重ねておきながら何も言われんと思っておるのか」

グリゴリーの配慮など気にも留めず、小馬鹿にした態度で言葉を続けるのはインプの長。

大陸にて安定した功績を上げるインクブスは、ヒトにも同胞にも悪辣《あくらつ》であった。

「あぁ？　言うじゃねぇか、口だけ達者なインプが」

ライカンスロープの一大派閥を束ねる若き長が灰色の毛並みを逆立て低い声で唸《うな》る。

群れの者を失う痛みと苦しみを理解するライカンスロープには、我慢ならない言葉の連続であった。

それゆえの怒り。

「青二才は黙っておれ」

「なんだと、この腰抜け」

部外者としか見ていないインプの小馬鹿にした視線が神経を逆撫《さかな》でする。

「お、落ち着け、ラザロス」

「やめんか、シリアコ」

止めに入るグリゴリーへ続こうと動く者、円卓より一歩下がる者、それらを静観する者。

「お前はいいのかよ、グリゴリー！」

「それは……」

灰色の毛並みを逆立てたままライカンスロープの長、ラザロスは吠《ほ》える。

「一番矢面に立ってんのはお前らだろうが！　こんな後ろにいるだけの腰抜けに言われて悔しくねぇのか？」

インクブスの使い走り――そう揶揄《やゆ》する者もいる。

しかし、数と器用さを生かして戦闘から補助、雑務を一手に引き受けるゴブリンをライカンスロープは認めていた。

ヒトの雌《めす》を見ると節操がなくなる点を除いて。

認めているからこそ、ファミリアの討伐をオークの戦士と共に買って出ている。

いまだ名乗りを上げないインプは軽蔑《けいべつ》の対象であった。

「ふん、言わせておけば青二才が」

ゴブリンと大差ないインプの体躯《たいく》が浮き上がり、禍々《まがまが》しいエナを放射し始める。

実力者である両者が激突すれば、たちまち円卓は崩壊するだろう。

「図星か、腰抜け！」

「待て」

円卓を挟んで睨《にら》み合《あ》う両者の間に、鍛え上げられた鋼の刀身が割って入る。

「ラザロス、インプの駆使するマジックは強力だ。そこは認めろ」

今度はサンチェスが諌める番であった。

強力なウィッチやヒトの軍隊と相対した時、インプのマジックが戦場のイニシアチブを握るとオークの戦士は知っている。

「ちっ……」

ライカンスロープの戦士とて理解していないわけではない。

だが、納得できるかは別問題であった。

冷笑を浮かべるインプの視線に、ラザロスの毛並みは逆立ったままだ。

「だが……シリアコ、お前の発言は訂正する気にもならん――不快だ」

場を収めるように見えたサンチェスは、得物の切先を宙に浮かぶ影へと向ける。

この場において無力なゴブリンの長は天を仰《あお》ぐ。

悪化を続ける場の空気に嫌気が差したフロッグマンは、隣席するマーマンへ眼《め》を向けた。

「マーマンの長よ」

「なにか？」

機敏な動作で振り向くマーマンは、前回の会合に現れた者と異なっていた。

全身を覆う鱗《うろこ》の色彩や装飾品が違うのだ。

その原因が思い当たらなくもないフロッグマンの長は、問わずにはいられなかった。

「見ない顔だが、代理か？」

「先代は戻らん」

突き放すような物言いがマーマンの特徴ゆえ気に留めることはない。

それよりも先代という単語に頭痛を覚えるフロッグマン。

会合のたび長が交代するようになったのは、とある島国へ進出を始めてから。

「……そうか」

ヒトの駆る軍船に後《おく》れを取るマーマンではない。

そして、水上での戦いを得意とするウィッチは少数。

河川へ配したフロッグマンも消息を絶っている現状、脅威が水中に存在していることは間違いない——

「静まれ」

重々しく、しかし明瞭な声が円卓の空気を震わせた。

「今宵《こよい》集まってもらったのは、同胞の不和を生み出すためではないぞ」

その一声で睨み合う者も、雑談に興じる者も、円卓より離れた者も、一様に席へと戻って沈黙する。

そして、円卓の一席に現れた影へ畏敬の念を込めた視線を送る。

「サンチェス、派遣した戦士団から報告は？」

全てのインクブスを束ねる影は輪郭が不確かで、真の姿は見通せない。

しかし、耳にした者が跪《ひざまず》きたくなる厳かな声だけで十二分な存在感があった。

「受けておりません」

それに対して、サンチェスは先ほどの怒気を微塵《みじん》も感じさせない声で答える。

「全滅か」

「そ、それは……早計ではありませんか？」

「サンチェスの選抜した者たちが報告を怠《おこた》るとは思えん」

サンチェスの希望的観測を影は一言で退ける。

インクブスの中でもオークの戦士は命令に忠実でありながら、ただ従うだけではない柔軟性がある。

それを信頼しているからこそ、報告が途絶えた今、最悪の結果を想定しなければならない。

「戦士団、選抜……何の話だよ？」

あずかり知らない話が進むことにライカンスロープの長は待ったをかけた。

あえて会合の場で報告を求めた。つまり、集った者へ聞かせる意図がある。

その意図を汲《く》み、一同を代表してラザロスは影へ問うたのだ。

「皆、ニホンは知っているな？」

その名を聞いても円卓に集った者たちは、特に反応を示すことはない。

脈絡もなく飛び出した島国の名に怪訝《けげん》な表情を浮かべる程度だった。

「結束はないが、個々は強いウィッチの護《まも》る島国」

「同族を助けねぇ腰抜けどもの国だ」

マーマンの長が言い放った言葉をラザロスが引き継ぐ。

それに円卓へ集った長たちは皆、頷いてみせる。

共通の認識であることを確認し、影は補足を加えた。

「厄介ではあるが、良質な畑。ゆえに腕に覚えのある者のみ赴くことを許した」

腕に覚えのある者——勘違いした愚者を含む——がポータルの使用を許された。

帰らぬ者も当然いたが、それは許容の範疇《はんちゅう》。

成果を持ち帰る者の方が多かったと記憶するインプの長、シリアコは問う。

「それは先刻承知、なぜ今更になって戦士団を派遣したのだ？」

危険性が高い地域への斥候《せっこう》として、オークの戦士たちほど適任はいないだろう。

しかし、厄介であっても脅威ではない島国へ派遣する意味は見出《みいだ》せない。

「シリアコよ……先日、ニホンへ遣わせた同胞は戻ったか？」

シリアコの問いには答えず、影は逆に問い返す。

ヒトの雌を辱《はずかし》め、弄《もてあそ》んでいるのだろうと見当をつけていたシリアコは、その問いの意味を一瞬で理解した。

「まさか、やられたと？」

「共に赴いたオーガの同胞も戻らぬ以上、な……ニホンより戻らぬ者、他にもおるだろう？」

ざわめきの広がる円卓。

まさか、そんなはずが、と口々に言う。

多くの者がインプの長と同様に、まったく問題視していなかった。

腕利きのインクブスは報告を怠ろうと必ず成果は持ち帰ってくる——その確証はない。

「そこにつけ込まれ、我々は腕の立つ同胞……そして、眼と耳を失った」

「それゆえオークの戦士団を？」

「然《しか》り」

ニホンに関する情報の多くは、更新されていない。

脅威ではないと見做《みな》した国ゆえ、それが問題視されることはなかった。

しかし、更新しないのではなく、更新できないとすれば意味が変わってくる。

「眼と耳を失ったゆえに災禍《さいか》の侵入まで許した……事態は深刻だ」

「災禍……ファミリアどもの発生源が分かったのですか？」

脅威と認識するまで時を要した結果、甚大な被害をもたらした謎のファミリア。

同胞を喰《く》らって増え、版図を広げる災禍の根源。

それは何か、と円卓の片隅で蠢《うごめ》く不定形のインクブスは問う。

「先日、調査の一つが実を結び、発生源が判明した」

「正確には、侵入経路が妥当ですかな」

発生源ではなく侵入経路、そう訂正するグリゴリーに影は頷く。

つまり、異界にて生じた存在ではない。

数多のゴブリンとオークの戦士団という犠牲を払って得た情報、それは――

「侵入経路は、ニホンより帰還したゴブリンの遠征隊だ」

グリゴリーとサンチェスを除いて、円卓に集った長たちは驚愕《きょうがく》する。

第13話 「尻尾」

ファミリアがポータルを通過してきた事実に。

ウィッチのエナで形成されるファミリアは、絶対にポータルを通過できない。

その常識が大きく揺らぐ。

「ポータルを通過した手段は不明だが……ファミリアを生み出した元凶は明白だ」

重々しく、噛《か》み締めるように、影は円卓に集った者たちへ語りかける。

「すべての元凶たるウィッチは、あの島国にいる」

ざわめきは去り、円卓に敵意と憎悪が満ちる。

ファミリアによる災禍、膠着《こうちゃく》した戦況、同胞の不和、それらを生み出した恐るべきウィッチ。

どれだけのインクブスに害を為《な》したか、定かではない。

ただ辱め、蹂躙《じゅうりん》するだけでは収まらない――そんな気迫を手で制し、影は厳かに命ずる。

「シリアコ、遣わせている同胞を呼び戻し、ファミリア討伐に当たれ」

「……致し方あるまいか」

ウィッチではなく、そのファミリア相手。

優れたマジックの使い手であるインプの長は不服という態度を隠しもしなかったが、渋々承諾する。

その様に鼻を鳴らすラザロス。

「これより呼ぶ者には、情報収集を命ずる」

残る者たちは、黙して言葉を待つ。

あわよくば件《くだん》のウィッチを仕留める算段を脳裏に思い描きながら。

「ウィッチの尻尾を摑《つか》むぞ」

第14話「黙過」

私がウィッチに変身していない間もファミリアは活動している。

インクブスを捕捉すれば、即座に反応し、攻撃あるいは情報収集を行う。

それは昼夜を問わず行われ、テレパシーの形で報告される。

「多いですね」

「ああ、だが……」

今日はテレパシーを受信する数が異常だ。

たった今、隣町を哨戒《しょうかい》しているオニヤンマからライカンスロープ三体出現のテレパシーを受信した。

これで四一件目だ。

白昼堂々とインクブスがポータルより出現し、活動している。

しているのだが——

「舐《な》めているとしか思えん」

「なぜ分散しているのでしょう?」

出現地点は広域かつ複数だが、インクブスの数自体は少数。

即応したファミリア、主にスズメバチの一群が半数を処理し終えた。

各個撃破されに来たのか？

「目的が攻撃であれば無意味としか……」

「最近の傾向と逆行しているな」

「はい。ありがたい話ではありますが」

私を勉強机から見上げるパートナーの言葉には含みがあった。

言いたいことは、おおよそ分かる。

せっせと消しかすを丸めるハエトリグモは、インクブスに別の目的があると考えている。

「インクブスどもは馬鹿じゃない」

これまでのインクブスとの明確な違いは、同時に複数の地点に出現したということ。

しかし、数自体は少数となれば各個撃破は必至。

その意図はなんだ？

開き
た予習用ノートの上を手から離れたシャーペンが転がる。

「陽動の可能性はどうでしょう？」

「こちらの手を飽和させるため、か」

「もし、そうだとすれば本隊に備える必要があります」

ファミリアを振り分ければ当然、手薄となる地域が生まれる。

そこに大規模なインクブスの群れが現れれば、対応は後手に回るだろう。

今回、出現したインクブスは少数だが、腕は立つらしく処理に時間を食っている。

厄介だ。

「ファミリアへの対処法を確立していない状態で来るか？」

「むう……確かに」

厄介ではある。

だが、最強の即応戦力を前にインクブスどもは肉団子にされている。

世代交代によって得た強靭《きょうじん》な大顎《おおあご》、強固な外骨格、そして致死の毒針。

空中を飛翔《ひしょう》し、集団戦闘を得意とするファミリアから逃れる術《すべ》はない。

捕捉したライカンスロープ三体は毒液の噴射を浴びた挙句《あげく》、大顎に噛《か》み砕《くだ》かれたようだ。

「それに、インプがいない」

「マジックを使うインクブスは一体も確認されていませんね」

「陽動にしては火力が低い」

マジックを使用するインクブスは、インプ以外にも複数確認されている。

対ウィッチに特化したマジックはファミリアの脅威とはならないが、多くのインクブスは火力の高いマジックを使用する。

正面から挑むのは、危険な相手だ。

「それは私たちだから言えることですよ、東《あずま》さん」

圧倒的な身体能力に頼るインクブスは、インファイトが主眼のファミリアにとって間合へ飛び込んでくる獲物。

しかし、エナで身体能力を強化しても少女であるウィッチたちは、そうもいかない。

「戦っているウィッチの方々は苦戦しているように見受けられます」

「……やはりか」

「戦闘の経過時間とエナの放射量から見て、ですが」

ウィッチが交戦していると思われる地点は一二。

ファミリアは戦況を報告しないが、周辺の状態から推し量ることは可能だ。

おそらく苦戦中だと。

自らの能力に振り回されるウィッチは多く、腕の立つ相手だと策に弄《ろう》されて敗北することも――

年端もいかない少女たちが、戦いの術を心得ているものか。

アズールノヴァやゴルトブルームがイレギュラー《例外》なのだ。

「やはり、加勢はされないのですか?」

消しかすを丸め終えたパートナーの言葉に、私は頷《うなず》く。

ひとたび命じればファミリアは一切合切の躊躇《ちゆうちょ》なく、インクブスを駆逐《くちく》するだろう。

血肉とエナを周囲にぶちまけて。

第14話「黙過」

「今は昼間だ」

自室の窓より外へ目を向ければ、白い雲の流れる青空が広がっている。

とても戦いの気配など感じない。

穏やかな休日の午後、きっと泡沫《うたかた》の平和に浸る人々が多く出歩いているはずだ。

「インクブスと誤認されたくない。それにパニックの可能性も無視できない」

旧首都か、近辺の無人地帯に出現したインクブスは逃さず潰す。

だが、一般人の出歩く市街地は静観するしかない。

パニックで二次被害を発生させてしまった苦い記憶が蘇《よみがえ》る。

二度とごめんだ。

「逃走したインクブスの対処は、やるぞ」

「……分かりました」

あるいは、ウィッチが敗北する事態になれば――傍観者気取りの自分には嫌悪感しかない。

一体、お前は何様のつもりなんだ？

お前はファミリアの目を通じて見ているだけだろう？

苛立《いらだ》ちの滲《にじ》んだ溜息《ためいき》が漏れる。

「い、インプが現れれば、あれがマジック対策として機能するか確認でき――あっ」

そんな私を見上げるパートナーは強引に話題を切り替えようとした。

そして、せっかく丸めた消しかすを転がし、わたわたする。

「そうだな」

勉強机より落ちる前に、消しかすの玉を指で止める。

勢い余って指先に抱きつくハエトリグモの姿に、口元が少しばかり綻《ほころ》ぶ。

「久々に現れたインプでは確認できなかったからな」

「あ、アズールノヴァさんを巻き込むわけにはいきませんでしたから」

消しかすを回収し、予習ノートの上に戻るパートナーは何事もなかったように続ける。

「いずれはインクブスだけを選定できるようになるのか？」

インクブスどもはファミリアを効果的に撃破するためマジックを中心とした戦法を取ってくるのは確実だ。

こちらも対策を立て、その確度を上げておく必要がある。

「それは……なんとも言えません。ファミリアも万能ではありませんから」

「いや、十分だ」

手札は数があればあるだけ良い。

どれだけの情報をインクブスが得ているか、それは分からない。

とにかく新たな手を打ち続ける。

「そうか……偵察か」

点と点が繋《つな》がり、一筋の線が描かれていく。

第14話 「黙過」

複数の地点で少数精鋭を動かす理由が陽動とは限らない。

「偵察……まさか、インクブスの目的ですか？」

「ああ」

「これほどの広域で何を……？」

偵察を行うということは、何かしらの情報を求めている。

そして、広域に複数の手勢を放つということは、求める存在がどこにいるか把握していない。

つまり、インクブスどもは初歩的な手探りの状態にあるのではないか？

「インクブスどもは情報を持ち帰れてない、そうだな？」

「遭遇したインクブスは、ほぼ駆逐《くちく》していますから……そのはずです」

苗床《なえどこ》にするインクブス以外の帰還は可能な限り阻止してきた。

戦いのイニシアチブを渡すわけにはいかなかったからだ。

「つまり、こちらの状況を把握できてない」

「それを打開するために、こんな人海戦術を？」

パートナーの訝《いぶか》しむような声。

帰還率を上げるため精鋭は送り込むが、少数ゆえに各個撃破されていては意味がない。

情報を持ち帰らなければならない、と考えるなら。

「情報を持ち帰らないことも情報になる」

黒曜石《こくようせき》のような眼に映る私は、無愛想を通り越して無表情だった。

吐いた言葉が非情なものと理解している。

だが、腑《ふ》に落ちる。

「……被害も組み込んだ作戦ですか」

「そうだ」

被害すら糧《かて》として多くの情報を得たいという冷徹な意思。

強い仲間意識を持つインクブスが、それを実行するということは——

「来るものが来た」

仲間を捨石にしてでも、こちらを探りに来ている。

私の取り越し苦労であればいい。

だが、仮に読み通りとすれば、次の一手は痛打を加えに来るだろう。

「こちらも作戦を変えるぞ」

「いよいよですか……！」

手札を、どこで切るか——旧首都上空のスズメバチからテレパシーを受信。

新たに捕捉したインクブスを攻撃する旨の内容だ。

その場所と近辺のファミリアを確認し、私は決断する。

「む……中止されるのですか？」

集合を始めるスズメバチに攻撃を中断するようテレパシーを発す。

第14話 「黙過」

それに首を傾《かし》げるパートナーへ私は作戦を告げる。

「ここにコルドロン《大鍋》を開く」

◆

パートナーが存在のみを語るオールドウィッチの定める序列、ウィッチナンバーに何かしらの権限や拘束力はない。

余興と揶揄《やゆ》されるのは、そのためだ。

しかし、序列の上位者が実力と実績を併せ持つことは事実。

ゆえに彼女たちは自然とテリトリーを定め、戦力が重複しないよう行動してきた。

「見つけた〜」

「お見事ですわ、ベニヒメさん」

旧首都上空に浮かぶ二つの人影。

グラウンドゼロには不釣り合いな紅《くれない》の和装、そして浅緑《せんりょく》のサーコートが風に靡《なび》く。

言わずと知れたウィッチである。

「あれで最後と願いますわ」

「うむ！　頑張ろう、みんな！」

「そうだね〜」

意気軒昂《いきけんこう》なパートナーの声に対し、ウィッチたちの反応は鈍《にぶ》い。

次々と現れるインクブスの迎撃に飛び回れば、いかにナンバーズといえど疲弊する。

たとえ、バディ制の復活で個人の負担が軽減されているとしても。

「先手は任せてもよろしくて？」

「任されたよ～」

翠《みどり》と朱の双眸《そうぼう》が見下ろす先には、荒れ果てたアスファルトの地を進むインクブスの一団。

狐耳《きつねみみ》を立てたベニヒメの周囲に狐火が浮かび、旋回を開始する。

急速に膨れ上がるエナの気配にオークは勘づく。

「ウィッチだ！」

オークの戦士たちがウィッチの姿を認識した時――戦いの火蓋は切られる。

「じゃあ、燃やすね？」

笑う妖狐《ようこ》は、そう一方的に宣告した。

同時に狐火の一つが旋回軌道を外れ、インクブス目掛けて急加速する。

問答無用の先制攻撃。

「散れっ」

マジックに対して耐性があろうと直撃を受ける必要はない。

六体のオークは外見に見合わぬ俊敏《しゅんびん》さで道路上を散開する。

刹那《せつな》――蒼《あお》き大火が旧首都の一角に溢《あふ》れた。

第14話 「黙過」

その焔《ほのお》に一切の熱量はなく、廃墟《はいきょ》を煌々《こうこう》と照らすのみ。

ただ一つの存在を除いて害することのないエナの大火である。

「くそっ消えないぞ！」

蒼い焔に体の随所を蝕《むしば》まれるオークは鎮火を図るも振り払うことは叶《かな》わない。

その焔はインクブスを可燃物として燃え盛る。

「ただの子ども騙《だま》しだ！　マジックを封じるぞ！」

「おう！」

しかし、屈強なオークには無視できる痛痒《つうよう》であった。

腰より下げた武骨なボウガンを構え、擲弾《てきだん》が装填される。

その充填物は新たなウィッチ殺しと目される劇物。

「お～さっそくだね？」

「感心しとる場合か！」

それを散布された領域に入ったが最後、マジックを使ったウィッチは精神を犯される。

前例を知るがゆえ警戒心を顕《あらわ》にする勾玉《まがたま》のパートナー。

ベニヒメはマジックを主力とするウィッチなのだ。

「大丈夫、大丈夫～」

しかし、ベニヒメは相変わらずの調子だった。

ただ細められた翠の目は、六つの標的を捕捉していたが。

狐火が一際強く明滅し、赤熱するボウガン。

「なっ!?」

「**ボウは棄《す》てろ!　投擲《とうてき》用意っ**」

溶融したボウガンを躊躇なく投げ捨て、路上に散らばるコンクリート片や鉄屑《てつくず》を手に取るオーク。

そこへ狐火が飛来し、一面を蒼い焔が舐める。

「参りますわ」

「うむ!　参るとしよう!」

それを見届けたバディは、空中にて一歩踏み出す。

フクロウのパートナーが肩より飛び立つが、ウィッチの体は重力に従って旧首都へ落下する。

激突か——否《いな》、着地した。

運動エネルギーが瞬時に失われ、爪先はアスファルトを小突くだけ。

翻《ひるがえ》る浅緑のサーコート、覗《のぞ》く白磁《はくじ》の鎧《よろい》に包まれた四肢。

ウィッチでありながらナイトを彷彿《ほうふつ》とさせる姿。

しかし、その手に得物は無い。

「**お前は……**」

古傷を身に刻むオークがアックスを構え、鋭い眼光を向ける。

そして、間髪容《かんはつい》れずウィッチの正体を看破した。

「プリマヴェルデ！」

「あら、ご存じですの？」

名を呼ばれたウィッチナンバー11、プリマヴェルデは脚を軽く開いて拳《こぶし》を構える。

得物は己の拳、己の脚。

未熟な少女の体躯《たいく》には不適なインファイト一筋というスタイル。

そんな特異なウィッチは、一人しかいないのだ。

「囲め！」

わざわざ得物の届く間合に現れたプリマヴェルデを取り囲まんとするオークたち。

「させないよ」

「ちぃっ！」

すかさず着弾する焔に行手《ゆくて》を阻まれ、やむを得ず足を止めた。

しかし、ただでは止まらず、コンクリート片や鉄屑をベニヒメ目掛けて投擲する。

「こいつは俺に任せろ！」

降りかかる焔を払ったオークの戦士は、ベニヒメを迎撃する同族へと告げる。

下手に密集すればマジックの標的にされる、そういう判断だ。

「バルトロの敵《かたき》を討つまでやられるなよ！」

同族の声へ当然だと言わんばかりにアックスを掲《かか》げて応える。

それを低く構え直し、膂力《りょりょく》を蓄《たくわ》えた脚がアスファルトを蹴った。

「うぉぉぉぉ！」

愚直に、ただ一直線の吶喊《とっかん》。

鉛色《なまりいろ》の刃《やいば》が地を舐めるように斜め下方より浅緑のウィッチを襲う。

轟《ごう》と低い風切り音――プリマヴェルデは臆さず踏み込む。

結った長い後髪《うしろがみ》が残り香のように追従。

その亜麻色の線は、鉛色の線と交わらない。

「まず一手！」

アックスの質量が頭上を擦過する中、拳は隙を晒《さら》したオークの脇を打つ。

しかし、あまりに軽い。

「効かんわ！」

振り抜いた得物を返し、上段より振り下ろすオーク。

拳の間合ゆえ殴打に等しいが、迷いはない。

対してプリマヴェルデは、軽快な足運びで体を回転させ、回避と同時に蹴りを見舞う。

二手、三手――絶望的な体格差がありながら迫る凶刃を躱《かわ》し、拳と脚を打ち込む。

「ええい、潰れろ！」

際限の見えない持久戦を予感したオークは吠《ほ》える。

打撃の軽さから脅威は低いと踏み、大胆にも両腕でアックスを振り上げた。

第14話 「黙過」

「できるものなら」

風切り音を唸《うな》らせて質量物がプリマヴェルデへ振り下ろされた。

単調な一撃、回避は容易。

粉砕されたアスファルト片が四散し、空中で浅緑のサーコートが翻る。

空中に身を躍らせるプリマヴェルデは、既にカウンターアタックの動作を終えていた。

輝く朱の瞳より高く振り上げられた脚。

それは綺麗《きれい》な円運動を描き、アスファルトへ突き立つアックスへ落つ。

「これで五手！」

交通事故を思わせる重い打撃音。

だが、体重を加えた一打もインクブスの得物を砕《くだ》くには威力不足だった。

「無駄だ！」

乱暴に引き抜かれるアックスの力を利用し、綺麗な宙返りを披露するプリマヴェルデ。

両者が間合を仕切り直す間、背後で蒼い焔が炸裂《さくれつ》する。

「そんな攻撃で砕けるものかよ……！」

アックスの刃を地へと這《は》わせ、腰を落として構えるオークの声には苛立ちが滲む。

名の知られたウィッチゆえ警戒していたが、とても脅威とは思えない。

ただの足止め、時間稼ぎを疑う。

「やはり、組成は鉄ではありませんのね」

そんなオークは眼中にない朱色の視線は、武骨な得物へ向く。

「なに？」

「いえ……次で終わらせてあげますわ」

口調こそ優雅だが、不動の構えはインファイターのそれ。

しかし、決定打に欠くと知ったオークの眼には虚勢としか映らない。

「できるものならなぁ！」

殺人的速度で迫るアックスを前に、繰り出されるは裏拳。

オークの眼は驚愕《きょうがく》に見開かれる。

先程とは打って変わり、質量と正面から打ち合う暴拳。

驚愕は嘲笑へ——厚い刃は硝子《ガラス》細工のように砕け散った。

無為に空を切る得物を横目にプリマヴェルデは間合の奥へ踏み込む。

そして、オークの膝を鋭く蹴り打つ。

「なっに!?」

その一打は皮膚も、筋肉も、骨も関係なく切断した。

まるで豆腐を切るように。

体勢を崩すオークの眼には、拳を固めたウィッチが映る。

「それでは、ごきげんよう」

放たれた正拳は、オークの顎より上を消滅させた。

第14話 「黙過」

砕けた刃の破片が砂のように崩れ去り、そこへ意思を失った巨躯《きょく》が倒れ込む。

「アルミロ……！」

蒼白《あおじろ》い炎が燻《くすぶ》る同族の亡骸《なきがら》を盾にするオークは、苦々しい表情を浮かべるしかない。

「やっぱりタフだね」

絶え間なく降り注ぐ焔のマジック。

並のウィッチであれば昏倒《こんとう》するエナの消費量だが、ベニヒメは変わらぬ調子で身を浮かべている。

非効率という言葉を鼻で笑う才能の暴威であった。

ベニヒメに加え、歩を進めてくるプリマヴェルデも視界に認め、隊長格のオークは決断する。

「発見した地下道まで行け、ピエトロ」

一団の中で最も若いオークへ反論を許さない鬼気迫る声で命じる。

そして、同族の亡骸を苦渋の表情で放し、路肩の信号柱を摑《つか》む。

「そして、長へ伝えろ」

「くっ……任された！」

駆け出す若き同族を護《まも》るため、二体のオークは動く。

与えられた命令は情報を一つでも多く持ち帰ること。

多くの同族を屠《ほふ》った忌まわしきウィッチを倒すために。

「お待ちなさい！」

下賤《げせん》な感情を欠片《かけら》も見せないインクブスに妙《みょう》な胸騒ぎを覚えたプリマヴェルデが駆ける。

「行かせるかよ！」

その眼前に立《た》ち塞《ふさ》がる隻眼のオーク。

半身を焔に蝕まれながらクラブを横一文字に振り抜く。

より速く正拳が打ち込まれ、指が弾ける。

あらぬ方向へ遠心力に任せて飛ぶクラブ。

それを片目で追ったオークは、白磁の踵《かかと》落《お》としに頭を消し飛ばされる。

「ベニヒメさん！」

「火力、上げるよ」

「承知したのじゃ！」

バディの呼び声を拾った狐耳が立つ。

旋回する狐火が一つに結合し、紅の袖より覗く細い指の先で静止する。

剛腕が信号柱を引き抜き、投槍《なげやり》よろしく構えた。

「こっちだ、ウィッチ！」

インクブスが咆哮《ほうこう》を上げ、投擲――ほぼ同時に、胸部を穿《うが》つ閃光《せんこう》。

いかにタフネスを誇るインクブスも生命活動を停止せざるを得ない。

しかし、放たれた渾身《こんしん》の一槍は止まらない。

第14話 「黙過」

「はっ！」

飛来する浅緑の影、そして白磁の一閃《いっせん》。

信号柱の軌道が大きく逸《そ》れ、商業ビルへ突入して轟音《ごうおん》と共に粉塵《ふんじん》を巻き上げる。

その様子を横目で確認し、やはり軽やかに着地するプリマヴェルデ。

「ありがと～」

「当然ですわ」

手を振るベニヒメへ軽く手を振り返し、視線をオークの屍《しかばね》が転がる路上の先、地下鉄駅出入口へ向ける。

「ベニヒメさん、追いますわよ」

「あ、待って」

今に駆け出さんとしていたバディの隣に降り立ち、ベニヒメは制止した。

当然、怪訝《けげん》そうな朱色の視線を受ける。

「どうして止めますの？」

「そこからね、ナンバー13の匂いがする」

「確かに、この辺りは彼女のテリトリーですけれど……」

当人が姿を現していない以上、追撃は自分たちが行うべきと言外に語るプリマヴェルデ。

対してベニヒメは口元に指先を当て、直近の記憶を辿《たど》っていた。

「ここ、この前に見たシロアリさんの巣なんじゃないかな？」

そして、思い至る。

二〇に及ぶオークを屠ったファミリアの大群が向かった先であると。

「うむ……あれに囲まれれば命はないじゃろうな」

「任せても良さそう～」

追撃せずとも虎穴《こけつ》に飛び込んだインクブスの命運は決まったも同然。

尻尾《しっぽ》の一つに顔を埋《うず》めたベニヒメは、旋回する狐火の数を九つまで減らす。

「ファミリア任せというのは……ちょっと待ってくださいます？　この前？」

いまだ戦闘態勢を解かないプリマヴェルデは、バディの言葉を反芻《はんすう》して眉を顰《ひそ》める。

「あ」

「あ」

ウィッチとパートナーの声が綺麗に揃《そろ》う。

ツチノコことシルバーロータスと遭遇した事を伝えていなかった、と――

「忘れ――」

「忘れておったわけではないんじゃ！」

失言が飛び出す前に弁明を図る勾玉のパートナー。

しかし、後の祭りである。

「シルバーロータスと会ったんですの⁉」

「さすがベニヒメ君だな！」

素っ頓狂な声を上げるプリマヴェルデ。

その肩へ舞い戻ったフクロウは、眼を細めて朗らかに笑う。

——地下鉄駅出入口より溢れ出す紅《あか》い閃光、禍々《まがまが》しい気配。

こちらとあちらを繋げる扉、ポータルが開かれたのだ。

それはインクブスが追撃不可能な異界へ逃れたことを意味している。

「あれ？」

首を傾げるベニヒメ、それを半眼で睨《にら》むプリマヴェルデ。

「ベニヒメさん？」

「おかしいね～どうしたんだろ？」

視線を泳がせる翠の目は、飛び去る蟲《むし》の影を追った。

第15話「前夜」

「行ってきます、姉ちゃん！」

「うん、車に気をつけてね」

ぶんぶんと手を振って、友達のところへ駆けていく芙花《ふうか》。

昨日は外出禁止のサイレンが鳴り響き、ご機嫌斜めだったが、すっかり元気一杯だ。

引率の温和そうな女性に一礼し、芙花の小さな背中を見送る。

「平和、ですね」

小学生は保護者同伴の集団登校が当たり前。

保護者こそ同伴しないが、集団登校は高校生ですら推奨されている時勢。

それもこれもインクブスという度《ど》し難《がた》い存在のせいだ。

「ああ」

眩《まぶ》しいくらいの笑顔を浮かべ、友達と盛んに言葉を交える芙花。

そんな平和で、愛《いと》おしい光景には指一本触れさせせない。

いつものように、確実に、インクブスどもを駆逐《くちく》する。

第15話　「前夜」

「昨日のタイムライン流れてきた動画、見た？」

「昨日？」

「唐突だなぁ」

見送りを終え、いざ学校へ向かおうと振り向くと視界に入る三人組の男子。

部活動に属していない生徒の登校時間は重複しやすい。

私の場合、彼らの後ろが定位置になっている。

「あ、見た見た」

「ウィッチが街中で戦ってたやつ？」

「そうそう！」

よく通る声で話す男子たち。

その話題は、市街地に出現したインクブスとウィッチの戦闘についてだった。

漏れかけた溜息《ためいき》を噛《か》み殺《ころ》し、無表情となるよう努める。

「すごかったよな～」

「あのウィッチって誰？」

「可愛《かわい》かったなぁ……」

昨日、市街地で行われた戦闘は六件。

内一件は介入を考える事態に陥ったが、辛くもインクブスの駆逐に成功。

その一部始終は今朝のテレビでも見た。

よく撮っている暇があったな、と冷めた気分になったのを覚えている。

「田中に聞いてみようぜ」

信頼されているな、田中くん。

ファンとはいかなくともウィッチの華やかな姿に魅せられる男子は多い。

だから、彼らがウィッチの話題で盛り上がる光景は見慣れたもの。

ただ、今日は街中が落ち着かない空気に満ちている。

「まだ外出禁止の市もあるらしいわ」

「ここは大丈夫なのかしら……」

子どもを学校に送り出した主婦の不安そうな会話を耳にする。

その不安は尤《もっと》もだ。

近郊に出現したインクブスを駆逐したと私は知っているが、一般人は何も知らないのだから。

ただ、不安そうでも他人事《ひとごと》な声色に深刻さは感じられない。

「昨日な、国道を戦車が走ってるの見たんだよ！　ほら！」

「機動戦闘車《キドセン》ね？」

バスを待つ大学生と思《おぼ》しき男女が、撮影した国防軍の車両をケータイで見ていた。

やはり、昨日は国防軍も戦闘に参加していたらしい。

エナの放射が観測できなかった地域でインクブスを屠《ほふ》ったのは、彼らなのだろう。

第15話 「前夜」

「む……危ないですね」
手元のケータイから目を離さず歩くサラリーマンの男性とすれ違う。
肩に触れても気がつかないほどの熱中ぶりだった。
その画面には、淡い桃色の装束《しょうぞく》を纏《まと》って懸命に戦う少女の姿。
誰も彼も昨日の戦い、その結果に夢中だった。
冗談じゃない。
彼女たちが敗北すれば、言葉にするのも悍《おぞ》ましい地獄が展開される紙一重の世界。
誰もが当事者のはずだ。
それでも小さな画面の向こう側に押し込み、他人事であろうとするか。
「誰も……私たちの戦いは知らないんでしょうね」
肩にかかる髪の陰より囁《ささや》くパートナーの声は、どこか寂しげだった。
私たちの戦いが知られることはない。
そうなるよう細心の注意を払って活動している。
「それでいい」
雑踏の音に紛れる小声で、パートナーへ言葉を返す。
一般人に広く知られるということは、インクブスにも観測されるということ。
非常時を除いて、おいそれと手札を晒《さら》したくはない。
それに、インクブスの共喰いと大々的に報道された日、私は一つの教訓を得たのだ。

絶えない悲鳴、我先に逃げようと押し合う人々、絶望に染まったウィッチの表情。

あの蜂の巣をつついたようなパニックは二度と繰り返すべきではない、と。

「おはよう～東《あずま》さん」

鬱屈《うっくつ》とした気分で辿《たど》り着《つ》いた校門、そこで名を呼ばれた私は足を止める。

この声は政木律《まさきりつ》だ。

つい先週話したばかりで、さすがに忘れはしない。

挨拶のために振り向くと視線は二対《つい》あった。

「おはようございます、東さん」

シモフリスズメの絵が上手《うま》い金城《かなしろ》が柔和《にゅうわ》な笑みを浮かべて一礼する。

その隣で瞼《まぶた》が今にも落ちそうな政木が小さく手を振っていた。

「おはよう」

挨拶を返すのは最低限のマナーだ。

——視線が集まっているのは珍しい組み合わせだからか？

それは同感だが、見世物《みせもの》じゃないぞ。

居心地《いごこち》の悪さを覚えながらも私、いや私たちは校門を潜《くぐ》る。

「東さん、もっと早く来てると思ってたよ～」

「……どうして？」

「それは……いつも授業の準備が早いから？」

なぜ疑問形なんだ。

確かに私は早め早めの行動を心掛けている。

ただ朝は芙花を必ず見送るため、遅刻しない程度の時間帯になるのだ。

「律が遅いだけです」

ぴしゃりと言い放つ金城。

柔らかな雰囲気を纏《まと》う大和《やまと》撫子《なでしこ》にしては、歯に衣《きぬ》着せない直球だった。

「静《しず》ちゃんは手厳しいな～」

眉を下げて困り顔となる政木に気を害した様子はない。

予定調和、いや日常的なやりとりなのだろう。

気心の知れた仲というやつか。

しかし、なぜ私は彼女たちと一緒に昇降口まで来ているのか。

最近、顔を合わせただけの間柄で友達とは呼べないだろう。

昇降口を出て、教室へ向かう道すがらに話を振られても反応に困る。

私は人との接点が少ないのだ。

共通の話題など――

「政木さん」

「うん？」

あったな。

友達でなくとも伝えておくべき最低限の言葉がある。

いや、挨拶を返したときに言うべきことだった。

並んで歩く政木の視線を真っすぐ見返す。

「先週はありがとう」

「先週……あ、おいしかった？」

「……うん」

貰《もら》った日の夕食に急遽《きゅうきょ》並んだお稲荷《いなり》さんは芙花にも好評だった。

今度、惣菜《そうざい》売場にあれば買って帰ろうと考えている。

「よかった〜」

ふにゃと笑うクラスメイトからは、やはり邪気というものを一切感じなかった。

無償の善意に甘えて、ただ貰うだけというのは悪い。

「今度、何か——」

「あ〜お返しは東さんのお弁当を見ることかな〜」

お弁当？

微睡《まどろ》みに沈みかけていた政木の目が私の手元を見る。

「今日も惣菜パンでしょ？」

当たりだ。

なぜ分かった。

第15話「前夜」

鞄《かばん》の中を見たわけでも――いや、想像はつくか。

「それは、あまり感心しませんね……栄養が偏ってしまいますよ、東さん」

ぐうの音も出ない正論だ。

美味《うま》くはないが手軽、しかし栄養のバランスは偏る。

もし、体を資本とする父が見れば黙っていないだろう。

「……分かった」

いい機会だ。

多少の手間はかかるが、その分早く起きればいい。

やりました、と微《かす》かに聞き取れるハエトリグモの声は聞き流す。

「金城さん」

「なんでしょう？」

この機会に聞いておこうと金城に声をかける。

以前に相談を受けたシモフリスズメの一件が、どういう結果となったか気になっていたのだ。

「シモフリスズメの件は大丈夫？」

「うぇ!?」

大和撫子らしからぬ声を出して廊下で硬直する金城。

鉄壁に見えた笑顔が一瞬で崩れるとは、一体何があったのだろう。

「ええっと……大丈夫です。何も、何も問題はありませんよ？」

問題ないと言いながら、気まずそうに視線を下へと流していく。

それに頬が、黒髪から覗《のぞ》く耳も赤いような気がする。

「静ちゃん、動揺――」

「していません」

いや、どう見ても動揺していた。

どこか凄《すご》みのある笑顔に圧《お》される政木の隣で口には出さないが。

しかし、顔に出ていたのか、切れ長の目が私にも向く。

「東さんもいいですね？」

圧に対して黙って頷《うなず》く。

恐るべしシモフリスズメ、一体何をしたんだ。

害虫と言えば害虫ではあるが、それは葉を食害する幼虫の時だけだ。

やはり洗濯物を鱗粉《りんぷん》で汚されたのだろうか？

本人にとっては一大事だが、なんというか可愛らしい話だ。

「お～微笑《わら》った」

目を丸くする政木と金城を見た瞬間、口元が微かに上がっていることに気づく。

無意識だった。

指摘されると急に気恥ずかしくなってくる。

第15話 「前夜」

最近、他人と話す機会が増えて慣れないこと続きだ。

――鳴り響く予鈴。

きっと泡沫《うたかた》の平和は歪《いびつ》な姿をしているのだろう。

しかし、それが私の日常だった。

◆

自称女神の鼻を明かしてやる、そんな醜いエゴが私の内にはある。

その最短ルートであるインクブスの駆逐は、牛歩の進捗《しんちょく》だ。

私の力など底が知れている。

それを理解していながら、わざわざ足枷《あしかせ》を付けた。

エナ確保のためファミリアを全国に分散させる、一般人のパニック回避のため市街地で交戦しない、エトセトラ。

愚かしいにも程がある。

「……ままならないな」

「どうかされましたか？」

「なんでもない」

ただ待つだけの時間は、余計なことに思考を割かれる。

集中しろ。

三日月が頭上に達し、朽ちたホテルの屋上より旧首都を見渡す。

「……なかなか現れませんね」

パートナーの呟《つぶや》きに私は答えなかった。

いや、答えられなかった。

今回の作戦はインクブスの主力が現れるまで開始できない。

ある意味、敵にイニシアチブを握られている状態か。

私の読みが当たっていれば現れる、はずだ。

ポータルについて判明している事は三つ。

屋内や地下でも使用できる。

ある程度の空間を要する。

そして、同じ場所での再使用には二四時間かかる。

最後の使用から二四時間が過ぎ、今はインクブスどもの活動する時間帯だが――

「現れないかもしれん」

ウィッチが昨日の今日で来ないと油断している間に、手薄な場所へ大規模な部隊を送り、侵攻へ転ずる。

それが希望的観測を含んだ私の読み、いや筋書きか。

「絶対に現れるとは言えないでしょうね」

第15話 「前夜」

私の言葉にパートナーは同意する。

手薄を装った場所に現れないかもしれない。

現れるのは明日、いや明後日《あさって》かもしれない。

確証は何一つないのだ。

「それでも私はウィッチの戦略眼《せんりゃくがん》を信じますよ」

「今日、現れると？」

黒曜石《こくようせき》のような眼に映る私の表情は渋いものだった。

私は僅《わず》かな情報で全てを見通すような戦略家じゃない。

「インクブスは性急に成果を求めているように見えました」

それは間違いない。

その成果が攻撃なくして得られないことも。

しかし、インクブスが今日現れる根拠としては弱い。

だからこそ私は主力を叩《たた》くまで態勢を維持するつもりだった。

少なくないファミリアを拘束されようと橋頭堡《きょうとうほ》を築かせないために。

「インクブスは馬鹿ではないでしょう。ですが、忍耐力もありません」

長期戦を考えている私にパートナーは語りかけてくる。

インクブスの忍耐力の低さは、私たちの共通認識だった。

よく知っているとも。

「目先の獲物には、必ず食いつくはずです」

弱者を嬲《なぶ》らずにはいられない。

愚者を嘲笑《あざわら》わずにはいられない。

どれだけ知的に振舞おうが、我慢弱く、下半身で思考する肉袋ども。

それがインクブスだ。

「警戒すべきは今ですよ、シルバーロータス」

そこまで言われて、ようやく私は思い至る。

――ファミリアの配置は消極的で、包囲戦力より多い予備戦力、そして過剰なまでの索敵。

ちぐはぐだ。

長期戦を考えていながら、まるでエナの消費量が見合っていない。

「違いますか？」

「いや、その通りだ」

無意識のうちに空回りしていたらしい。

インクブスの本質は、明日よりも今日だ。

今ここで叩《たた》き潰《つぶ》す気概でいなければ、肝心なところで取り逃すことになる。

「助かった」

「パートナーですから」

打てば響く、そんな自信に満ちた返事だった。

できたハエトリグモだよ、まったく。

「配置を変える」

「分かりました」

より攻撃的な配置へ移動するようファミリアへ伝達——旧首都の空気が微かに震えた。

テレパシーに応《こた》えたアシダカグモがホテルの屋上へと登ってくる。

すぐ傍《そば》に置かれる脚は鉄骨のように太いが、弾き出す速度は新幹線並み。

連戦のため休息中のスズメバチに代わり遊撃を担《にな》うファミリアの一体だ。

「ファミリアの展開、完了しました」

続々とアンブッシュの態勢を整えるファミリアたち。

インクブスに逃げ道などない。

「準備万端です！」

ファミリアの活躍を今か今かと待つパートナー。

最近、ウィッチらしくないと言わなくなったな。

「アズールノヴァのおかげか……？」

「はい？」

「気にするな」

「とても気になるのですが……!?」

鍋は用意した。

具材を投げ入れ、後は煮るだけ。

どれほどのインクブスが現れるかは分からない。

現れないかもしれない。

それでも待つ。

月光が暗雲に覆われ、闇が訪れる――反応あり。

空気が変質する。

無機質な敵意が旧首都に満ちる。

「来ましたね」

脳内を覆い尽くす声のようなモノ。

地下鉄内のファミリアから一斉に発されたテレパシーで、インクブスの編成は一瞬で明らかとなる。

暗闇など関係ない。

配置したファミリアは暗所の活動に長《た》けた者ばかりだ。

エナの反応に加え、振動、空気の流動、そして臭気で獲物を正確に把握できる。

「ああ」

来るものが来た。

であれば、盛大に歓迎してやろう。

同胞が糧《かて》になって育て上げた死の化身と対面だ。

「やるぞ」

「はい、やってやりましょう」

ウィッチが現れる前、都市部の地下鉄をインクブスどもは拠点の一つにしていたと聞く。

砲爆撃に耐えられ、防衛が容易な最前線基地だと。

それがウィッチ相手でも通じると思っているのだろうが――

「殲滅戦《せんめつせん》だ」

今宵《こよい》、コルドロン《大鍋》は開かれた。

第16話 「大鍋」

かつて東洋でも有数の大都市圏を支えていた交通インフラ、その闇の中で魑魅魍魎《ちみもうりょう》どもは蠢《うごめ》いていた。

その目的は、ただ一つ。

数多《あまた》の同胞の敵《かたき》たる災厄のウィッチを打ち倒すこと。

「まだ、こんな場所を残しているとは……愚かな連中だ」

寂れた地下鉄道のホームに拠点を築く同志たちを見遣《みや》りながらゴブリンの一体は嘆息《たんそく》する。

戦士たちの尊い犠牲によって判明した暫定的な安全地帯。

それは大陸でも有用な拠点となった地下構造物であり、残存しているとは誰も想像していなかった。

「同志グリゴリーは地固めと言ってたが、まどろっこしいな」

「地上にはウィッチと奴《やつ》らがいる。今は待て」

同志を諌《いさ》める自身も今すぐ攻撃に移りたいと望んでいる。

しかし、オークの戦士をはじめとする少数精鋭の偵察隊が、ほぼ帰還しなかった事実は重い。

「いつになるやら……」

「ここが機能するまでの辛抱だ」

強力な攻撃に耐え得る地下構造、追撃を困難とする複雑な経路。

ここは優れた拠点になる。

破壊されず放棄されていると当初は予想されていなかったが、複数の偵察隊が安全を確認した。

これを踏まえ、遠征軍の即時派遣が決定される。

ウィッチやヒトの軍隊が対処する前に基盤を固めるべきという判断だ。

ポータルが常時解除された暁《あかつき》には、大陸で猛威を振るった狂奔《ルナティック》も可能となる。

「この錚々《そうそう》たる顔触れで負けるとは思えんがな」

それを多くのインクブスは冗長だと考えている。

大陸からも同胞を集めた遠征軍は件《くだん》のウィッチが相手であろうと圧倒できる、と。

「数多の同志を屠《ほふ》ってきた奴らを侮るなよ」

「……分かっている」

軽く手を振って受け流す同志は、気怠《けだる》げに作業へ戻っていく。

いかに対策と準備を進めていようと、総勢一〇〇〇を数える遠征軍であろうと、全滅の危険がある限り慎重に行動する必要があった。

「イーゴリ」

歯痒《はがゆ》さを覚えるゴブリンの名を呼ぶのは、屈強な体躯《たいく》をもつオークの戦士。

纏《まと》う格の差は歴然としていたが、両者は対等に肩を並べた。

「周辺の地形を把握するため偵察隊を出すが問題ないか？」

「こっちは大丈夫だ。よろしく頼む」

遠征軍を統率するイーゴリは頷《うなず》き、首飾りが揺れる。

ウィッチやファミリアの気配はないが、周辺の状況は未確認。

拠点の構築と並行し、情報の収集を行う必要があった。

「そうか、では選抜した戦士たちを出すぞ」

両者に認識の齟齬《そご》はなく、能率よく行動する。

既に準備を終えていた偵察隊の各々は、合図を受けて一斉に動き出す。

合戦前のような重装備のオークと軽装のライカンスロープが赤錆《あかさ》びた軌条を踏む。

かつて無数のヒトが行き交った地下鉄道、文明の光が途絶えた道を魑魅魍魎が進んでいく。

「そんなに荷物が必要なのか？」

崩れた壁面から溢《あふ》れた土塊《つちくれ》を跨《また》いだ黒毛のライカンスロープは疑問を口にする。

大陸より呼び出された者には、オークたちの装備が大袈裟《おおげさ》に思えてならない。

第16話 「大鍋」

「虫けらどもはウィッチと違ってタフだ。なるべく距離を保ちたいのさ」

そう言って背負ったシールドを親指で差すオーク。

腰から下げたボウガンを軽く叩《たた》いてみせる者もいる。

それらは異界にてファミリアと戦った経験から揃《そろ》えられた装備であった。

「大陸のファミリア相手じゃ必要ないだろうが……」

奇怪な模様を刻んだローブを羽織るライカンスロープが付け加える。

「奴らに爪と牙だけじゃ手数が足りん。下手をすれば相討ちだ」

群れの知識層に属し、マジックを使う術士は渋面で語る。

異界におけるファミリアの討伐は犠牲なく終わったことがない。

いかに優れた戦士と火力を投じても。

「そんなもんか――止まれ」

最も感覚器官の優れる黒毛のライカンスロープが隊を制止する。

そこはコンクリートの壁面が黒々とした土質へと変化する境界、洞穴の一歩手前。

「これは……」

「奴らか！」

反射的に得物を構えた各々も遅れて制止の意味を知る。

暗順応した眼《め》でも見通せない闇の奥底に壁があった。

この距離でも感知できる濃密なエナの壁。

それが次第に、距離を縮めてくる。

「ボウを構えろ、お前ら」

「おう！」

指示一つで二列横隊を組み、腰に下げていた武骨なボウガンを構える。

ここは暫定的な安全地帯に過ぎない。

最悪の事態を想定し、オークの戦士は装備を揃えていたのだ。

「カリアスは本隊まで走れ」

振り向くことなくライカンスロープの術士は同族の伝令へ命ずる。

その表情は険しい。

無数の足音が地を伝播《でんぱ》し、接近してくる存在の数を嫌でも認識させてくる。

「俺が戻るまでくたばるなよ！」

「言ってろ……さっさと行け！」

無意味な問答はしない。

短く言葉を交え、カリアスは振り返ることなく駆け出す。

逞《たく》しい四肢の生み出す加速によって影は瞬《また》く間《ま》に小さくなる。

「時間稼ぎ、なんて柄じゃねぇな」

「おうよ」

天井までを覆い尽くす影と相対して、戦士と術士は不敵に笑った。

第16話 「大鍋」

闇を睨《にら》むボウガンに劇物を充填した擲弾《てきだん》が装填される。

「用意よし！」

影が確固たる輪郭を描く。

そこに忌まわしき羽音を出す翅《はね》はなく、体色は薄い。

しかし、異様に肥大化した頭部には凶悪な大顎《おおあご》が備わっている。

「来い、来い……」

シロアリのソルジャーに酷似《こくじ》したファミリア。

その一群はウォークライなき突撃を敢行する。

トリガーを引き絞る――直前になってソルジャーの後方より飛来物。

先制攻撃を想定していなかったインクブスの反応は遅い。

「なっ!?」

ボウガンを構えていた前衛は防御もままならず飛来物の直撃を受けた。

「な、なんだこれは……！」

「ど、毒だ！」

強い悪臭を伴う粘液の直撃を受けた横隊は乱れ、ボウガンを取り落とす者すらいた。

とても斉射を行える状態ではない。

その隙を逃さず突進してくるシロアリのソルジャーたち。

「させるかよ！」

悪臭に耐えながらライカンスロープの術士は、最大火力の行使を決断した。

エナを一点に集約し、爆縮させるマジックだ。

目標は眼前、照準など不要。

「吹き飛べ！」

強き言葉と共に地下鉄道へ――

「なに!?」

マジックによる破壊が吹き荒れることはなかった。

一切の抵抗を受けずソルジャーの群れは前衛に激突する。

「ぎゃあああああ！」

横隊を崩したインクブスたちに逃れる術《すべ》はない。

凶悪な大顎が頭を、腕を、脚を挟む。

「何をしているヒエラクス！　早く撃て！」

迫るソルジャーの頭部をクラブで叩《たた》き潰《つぶ》した戦士は吠《ほ》える。

それぞれが得物を手に絶望的な肉弾戦を展開していた。

しかし、多勢に無勢。

闇の奥底へ引きずられていく者の悲鳴が反響し、断末魔の叫びが場を満たす。

「どうなってやがる！」

その渦中で爪を振るい、大顎を退ける術士は原因究明のため頭脳を回転させる。

第16話「大鍋」

エナの集約は滞りなく行われた。

爆縮だけが正常に行われず、エナが霧散した。

——普段と異なる点は、謎の粘液。

ヒエラクスの視界に奇妙なファミリアが映り込む。

頭部の肥大化したソルジャーと比して貧相な個体、その頭部には角《つの》が備わっていた。

シロアリ科から派生したテングシロアリ亜科は、外敵に対して化学物質を噴射する種が存在する。

それを模倣《もほう》したファミリアに備わる角とは、発射機構。

しかし、発射する粘液は生体物質のテルペン類ではない。

「まさかエナの変性を阻害《そがい》っ!?」

解に辿《たど》り着《つ》いたライカンスロープを背面より大顎が襲う。

胴を挟み込むだけでは止まらず、ヒエラクスの全身は宙に浮く。

そして、間髪容《かんはつい》れず軌条へ叩きつけられる。

「がぁ、くっそ、がっ」

何度も、何度も、持ち上げては軌条へ叩きつける。

皮膚が裂け、骨が砕《くだ》け、生命が尽きるまで。

機械的な無機質さでファミリアは、それを遂行する——

「敵襲！　敵襲！」

「や、奴らだ！」

「ぐわぁぁぁ！」

風となって闇を駆けるカリアスは地下鉄道内を反響する戦場音楽に顔を顰《しか》めた。

背後に残してきた偵察隊以外も襲撃を受けている。

混沌《こんとん》と恐怖の満ちた地下構造物に、安全地帯など存在しない。

「おい、お前の隊はどうした！」

進行方向より現れるオークの一団、それを率《ひき》いる戦士が問う。

シールドとボウガンを携えた臨戦態勢、殺気立った視線が全周へ向けて放たれている。

「奴らと戦ってる！　そっちは？」

「地上へ通じる入口を警戒していた！　何が起きている!?」

シールドの内へと入ったカリアスは、一団が状況を把握していないと空気で察した。

過剰な警戒心は敵を発見できていない不安ゆえの行動。

しかし、カリアスとて一伝令に過ぎず、推測で物は言えない。

「俺は伝令として走る！　お前らはっ」

突如、崩落した壁面の土塊が弾け飛んだ。

ボウガンが一斉に照準した先には、穴があった。

積層しているように見えて真新しい土、そこから触角と太く発達した前脚が覗《のぞ》く。

「虫けらどもだ！」

第16話 「大鍋」

怒声に呼応し、天井や床面の土塊より開かれる穴、穴、穴。

赤褐色のケラが開けた突入口よりファミリアが溢れ出す。

そこは一瞬にして戦場へと変貌する。

「応戦するぞ！」

「おう！」

戦士たちの反応は迅速かつ的確だった。

すかさずトリガーを絞り、ボウガンから矢弾が発射される。

これに対してシロアリが即応し、角先より粘液を発射。

交錯《こうさく》、着弾。

「くそっ」

「ひでぇ臭《にお》いだ！」

「怯《ひる》むな、次弾を！」

シールドで阻んだ粘液の悪臭にオークは面食らうも辛《かろ》うじて踏み止まる。

威力は低い。

次弾を手早く装填する戦士たちは、矢弾に貫かれたシロアリを無言で嘲笑《あざわら》う。

「用意よし！」

「くたば、れ……なんだ、あれは」

粘液を発射するシロアリの背後で揺らぐ漆黒《しっこく》の巨影《きょえい》。

オーガに等しい巨躯《きょく》の存在を前にしたオークの一団に緊張が走る。

隔絶した体格差の相手との正面衝突は避けなければならない。

単純な突進でさえ質量は脅威だ。

「擲弾を――」

爆発を思わせる音が轟《とどろ》き、衝撃波が狭い空間を駆け抜けた。

シールドが無残に粉砕され、オークの戦士たちが宙を舞う。

「くそが……！」

横隊を粉砕した漆黒の巨影。

その足下、鋭い毛の生えた脚の間より這《は》い出たカリアスは毒づく。

初速が最高速としか思えない突進を回避できたのは運でしかない。

光沢を帯びた漆黒のファミリアは長い触角を揺らし、その無様な姿を見下ろす。

「この化けも」

得物を持ち替えたオークの首が消え、真っ赤な噴水が散る。

それを一身に浴びるオオムカデの脇をゲジが駆け抜け、生存者へ襲いかかった。

「固まれ！」

「や、やめろ！　俺は餌《えさ》じゃっ」

神経毒を注入され、膝を折ったオークが穴へ引きずられていく。

応戦の姿勢を見せた者には、無機質な殺意を迸《ほとばし》らせるオオムカデが相対した。

第16話 「大鍋」

その光景を傍目《はため》に、掘削を終えたケラがエナを補給すべく骸《むくろ》を食《は》む。

「冗談じゃねぇ！」

インクブスを獲物として貪るファミリアから逃れんとライカンスロープは駆け出した。

一度も振り返ることなく、一直線の地下鉄道を疾走する。

追撃者は、小さな肉片を齧《かじ》るゴキブリに酷似したファミリア。

暗闇の中であっても長い触角と体毛が空気の振動を捉え、物体の位置を正確に把握する。

巨影が、軌条を駆けた。

「く、来るなぁぁぁぁ！」

黒毛のライカンスロープは迫る死の気配から逃れられない。

漆黒の影は弾丸列車の速度をもって轢殺《れきさつ》する――

「そこら中にいるぞ！」

「数が多すぎる！」

全ての偵察隊が地下鉄道の闇へ消えた同時刻、インクブスの拠点にも等しく絶望が殺到していた。

限られた地下空間を覆い尽くす濃密なエナの濁流――否《いな》、ファミリアの大群。

それはオークの横隊を容易《たやす》く圧殺《あっさつ》し、準備不足で浮き足立つ有象無象を蹂躙《じゅうりん》する。

「虫けらがぁっ!?」

スリングショットを構えた緑色の矮躯《わいく》が宙を舞う。

視界を埋め尽くすファミリアを前に抵抗など無意味。

シロアリのソルジャーは玩具《おもちゃ》のようにゴブリンを振り回し、何度も地面へ叩きつける。

その傍《かたわ》らでは、神経毒を注入した獲物をゲジが横穴へ引《ひ》き摺《ず》っていく。

「う、上がぁっ」

天井の闇より現れた長大な影がライカンスロープを捕らえた。

神経毒など不要と言わんばかりに、大顎で頭蓋《ずがい》を粉砕して喰《く》らう。

単行列車ほどもあるオオムカデは胴体だけを咀嚼《そしゃく》し、振り落とされた腕や脚が辺りに残される。

ぶちまけられた血肉をゴキブリが懸命に食《は》む。

これは戦闘ではない――捕食だ。

血臭が闇の中に満ち、咀嚼音と悲鳴がコーラスを奏《かな》でる。

インクブスの血肉をもって彼らの拠点は完成を迎えた。

「なんだこれは……！」

目を覆いたくなる惨禍の中、辛うじて地上へ通じる階段へ脱したイーゴリ。

しかし、インクブスを一体も逃さない殺意の塊が階下より追ってくる。

同志の血を浴びた顔に恐怖が滲《にじ》む。

逃げなければならない。

そして、ここより離れた場所でポータルを解き、情報を持ち帰らなければならない。

第16話 「大鍋」

「必ず殺してやるぞ……！」

呪詛《じゅそ》と麻痺《まひ》毒《どく》の充填された擲弾を階下へ投げ捨て、イーゴリは駆け出す。

忌々《いまいま》しいファミリアの足音を意識から締め出し、必死に階段を駆け登った。

血臭が薄まり、コンクリートジャングルの乾いた臭いが強まってくる。

「同志グリゴリーに……伝えなければっ」

夜空を視界の先に捉えたイーゴリは微《かす》かな希望を見出していた。

偵察隊の帰還を許さなかったキルゾーンへ出ることも忘れて。

——出入口の先に人影。

小さく、華奢《きゃしゃ》で、不気味なほど微弱なエナを纏う影。

それは死神《しにがみ》の衣のように鼠色《ねずみいろ》のオーバーコートを靡《なび》かせ、生命を解体するククリナイフを手にした少女。

「ウィッチ……！」

ただのウィッチではない。

同胞たちの敵であり、災厄のウィッチであると本能的に察した。

全身を駆け抜ける憤怒《ふんぬ》、憎悪、そして恐怖。

「お前が！」

不倶戴天《ふぐたいてん》の敵を前にイーゴリは反射的に動いた。

同志の中でも優れた体躯が生み出す膂力《りょりょく》全てを投じ、加速する。

ナイフの切先を喉元へ突き立てんと——

「な、に……？」

屋根の影より一歩先へ出た瞬間、ひび割れたタイルへ全身を打ちつけられる。

一切の動作は封じられ、視線を動かすことしか叶《かな》わない。

そして、己を捕らえた存在にイーゴリは眼を見開く。

——網だ。

驚異的な伸縮性と粘着力をもつ網に全身を捕らわれていた。

「これで最後か」

「はい」

鼠色のウィッチとパートナーは、フラットな視線を注ぐだけ。

頭上より網を覆い被《かぶ》せたメダマグモの鋏角《きようかく》が迫る。

大きく発達した後中眼に映るインクブスは脱出のため足掻《あが》く。

しかし、身動き一つ許されない。

「なんなんだ、**お前は**」

鋭い口器が皮膚を易々と貫通する。

激痛に顔を顰めながらもイーゴリは、眼前に佇《たたず》む災厄の元凶へ吠えた。

「**お前は……お前がウィッチだというのか!?**」

恐怖と憎悪の入り混じった叫びが旧首都に虚《むな》しく響き渡った。

一陣の風が駆け抜け、姿を現す三日月。
月光を吸い込んで輝く銀の髪、そして宝石のように紅《あか》い瞳が妖《あや》しく光る。
「そうだ」
その言葉が届くことはなかった。
消化液に溶かされ、臓腑《ぞうふ》をエナの液状物にされたインクブスには。
斯《か》くしてインクブスの遠征軍は全滅した。

第17話「残響」

インクブスどもは馬鹿じゃない。

だが、昨夜の一戦は罠《わな》を疑うほど順調に推移し、最終的に一〇一一もの屍《しかばね》が生み出された。

想定していた以上の行動は見られず、ただただ鏖殺《おうさつ》されたのだ。

何か見落としているのではないかと不安になる。

「え、なにあれ……」

「作り物じゃないよね……？」

黙々と肉団子を口に運びつつ、次の一手について思考を巡らす。

昨夜の一戦で駆逐《くちく》した数は最多記録だが、手放しに喜ぶことはできなかった。

もう同じ手は通用しないからだ。

ならば、インクブスどもは次に何をしてくるのか？

「す、すげぇ……」

「あの座ってる子、誰？」

「ご存じ、ないのですか⁉」

「いや、誰だよ」

昨日の今日で動きはない、はずだ。

だからといって思考を止める理由にはならない。

わざわざ学校に来てまで、と冷めた視線を送る自分もいる。

しかし、インクブスどもは必ず来るのだ。

あの程度で諦めるなら世界の軍事大国が苦境に陥るものか。

私にできることは考え続けることだ。

「東《あずま》さん……場所、変えませんか？」

頭の上でベニシジミと対峙《たいじ》するパートナーの困惑気味な声。

現実に引き戻してくれるな。

場所を変えたいのは山々だが、逃げる機会を逸したのだ。

諦めてトマトを食《は》む。

「きれい……」

「いや、気持ち悪いでしょ」

周囲から注がれる好奇の視線に溜息《ためいき》が漏れそうになる。

どうしてこうなった？

肩に止まるアオスジアゲハは翅《はね》を揺らすだけで答えてくれない。

第17話 「残響」

「このままだと私が追い出されそうです……!」

弁当を作ってきたはいいが、見たがっていた政木律《まさきりつ》は休み。

無意識のうちに教室を出た私は、中庭にあるベンチで弁当を開けていた。

某階段と同じくらい人気《ひとけ》のない場所だが、その理由は背後のサクラに集まる虫たちによるもの。

つまり、私にしてみれば、ただのベンチ。

だったのだが——

「あれって二年の……」

「平気なのかな?」

朝方の雨が生み出した水たまりに集うジャコウアゲハ、クロアゲハ、ルリタテハ、エトセトラ。

一匹、二匹ではない。

眼前に色鮮やかな絨毯《じゅうたん》が広がり、ここはバタフライファームかと錯覚しそうになる。

「そこは譲りませんよ!」

頭の上から肩まで降りてきたパートナーは、アオスジアゲハに前脚を上げて威嚇《いかく》するも無視される。

ハエトリグモの姿を模しているだけで実態は異なるモノと察しているらしい。

しかし、花でもない私に止まる理由はなんだ?

「むぅ……まるで私を脅威と思っていませんね」

吸水のため水たまりに集まるのは百歩譲って分かる。

私の周囲に集まる必要は一切ないが。

ファミリアではない、ただの昆虫にとって私は厄介な大型動物としか映っていないはず。

空になった弁当箱の蓋を閉めると、膝元のキアゲハが驚いて飛び上がる。

「原因はなんだ？」

手を合わせる動作と同時にパートナーへ短く問う。

注目されている以上、堂々と話せないのだ。

「……東さんの放つエナに引き寄せられたのではないでしょうか？」

ウィッチへ変身しているわけでもないのにエナを放つことがあるのか。

私の場合は、ある。

ファミリアとの交信で使用するテレパシーだ。

極微弱なエナを発するマジックの一種。

しかし、敏感であるはずのウィッチやインクブスにすら勘付かれたことはないぞ。

「ここ最近、交信量が増えて、エナの放射量も微増していますよね？」

それはどうしようもない。

出現するインクブスの数が増えれば、動くファミリアの数も増える。

ファミリアへ指示を出すにはテレパシーが必要不可欠なのだ。

しかし、生物が平等にエナを宿すとして、昆虫に知覚できるものなのか？

アオスジアゲハと押し合うパートナーに視線で先を促す。

「それが、彼らにとって最適なエナの滞留濃度を生み出しているのではないかと……それに――」

それに？

「東さんのエナは、優しい香りがしますから」

それは精神的な表現なのか、物理的な現象なのか。

どちらにしろ、私には不似合いな言葉だ。

ともかく、昆虫はエナを知覚している可能性がある。

エナの放射量は感覚的にしか把握できなかった。

だが、昆虫を指標にすることで、ある程度推測できるかもしれない。

種や分布の傾向からエナの滞留濃度を測る。

それが可能となれば、情報収集の際に切れる手札が増える。

「しかし、ここまで集まるとは……！」

視界の端でアオスジアゲハに押し負けるハエトリグモ。

何をやっているんだ。

ひとまず昆虫の指標化は後回しにして、そろそろバタフライファームを閉園しなければ昼休みが終わってしまう。

しかし、どうやって頑《かたく》なに離れないチョウたちに道を空けてもらうか。

――脳裏を過《よぎ》るコガタスズメバチ騒動。

まさか、と内心は疑いながらも物は試しと口を開く。

「散れ」

ただ一言、それは周囲の喧騒《けんそう》をすり抜けて中庭へ響き渡った。

そして、視界一杯に色が躍る。

羽音もなく、一斉に舞い上がったチョウ。

ひらりひらりと羽ばたく翅が陽光を浴びて輝く。

無秩序に見えて、意思を持っているかのように舞う色の螺旋《らせん》。

まるで、一陣の風に乗った花吹雪《はなふぶき》だ。

その様を、通りすがりの男子生徒やケータイを構えた女子生徒、教材を抱えた教員までもが茫然《ぼうぜん》と見送っている。

「バタフライファームみたいです……！」

「……そうだな」

半ば諦めの境地にあった私は、投げやりに応じる。

これで私が奇人変人の類《たぐい》で認知されてしまったのは間違いない。

もう無口な女子生徒では通らないだろう。

中庭を舞う色とりどりの翅を眺めながら、これからを憂《うれ》いて溜息を漏らす。

第17話 「残響」

◆

鉛色《なまりいろ》に濁った空が泣いている。

雨粒の受け皿たるコンクリートジャングルは、ただ雨音だけが響く物寂しい世界だった。

その一角、朽ちたホテルの屋上に佇《たたず》む五つの人影。

「本当にインクブスが現れたんですの？」

亜麻色の髪と浅緑《せんりょく》のサーコートを等しく雨に濡《ぬ》らすウィッチは、地下鉄駅出入口を睨《にら》む。

つい先日、オークを逃した場に再び足を運ぶ羽目となったウィッチナンバー11、プリマヴェルデの視線は幾分か険しい。

「間違いありません」

その隣に佇《たたず》むウィッチナンバー10、ユグランスは事務的な口調で返す。

金の装飾《そうしょく》が施された紅白の軍装を纏《まと》い、クラウンを被《かぶ》った姿はトランプのキングを思わせる。

その背後には無言で雨に打たれる機械仕掛けのロイヤルガード。

「私のファミリアが強い反応を捉えたのは、ここです」

そう言ってユグランスは周辺に放ったファミリアのテレパシーへ意識を傾ける。

膨大に見えて精度の粗い情報から価値あるものを選別しなければならないのだ。

「でも、気配が一切しないね」

とんがり帽子《ぼうし》の端から雨水を滴《したた》らせながら現状を確認するのは、ダリアノワール。

その場にいる誰よりも魔女らしい格好のウィッチナンバー6は、スポッティングスコープを構えたまま動かない。

「うむ！　八〇〇ものインクブスが一夜で消えてしまうとは驚きだ！」

プリマヴェルデの肩に止まるフクロウが雨音を打ち消す朗らかな声で言う。

ナンバーズがお茶会以外で集った理由を。

「初めからいなかった……わけないよね」

「はい」

ダリアノワールの確認に対し、ユグランスは小さく頷《うなず》く。

昨夜、推定八〇〇を超すインクブスの群れが旧首都の中心部に出現した。

巧妙に気配を分散させていたが、ナンバー10が察知に成功し、ナンバーズ――いつもの五人――は群れを殲滅《せんめつ》すべく集う。

しかし、交戦どころか目視することなくインクブスは全て消失した。

「逃げちまったのかもしれないにゃぁ」

無機物であるはずのスポッティングスコープからくぐもった笑い声が響く。

人を食ったような、胡散臭《うさんくさ》い声色は、黒魔女のパートナーが発している。

第17話 「残響」

「誰から逃げるのさ」

「そりゃ、怖い怖いナンバーズからだろうにゃぁ」

地下鉄構内に出現したインクブスがウィッチの接近を知る術《すべ》はない。

ユグランスのファミリアが発見された可能性はある。

しかし、小型ゆえに隠蔽性《いんぺいせい》が高く、万に一つも発見されてナンバーズの存在が露呈するとは考えにくかった。

「戦いがあったのは間違いないよ～」

「ベニヒメや、大丈夫かえ?」

「すごく臭いけど……まぁ、大丈夫?」

紅《くれない》の雅《みやび》な和傘を差すウィッチナンバー9は狐耳《きつねみみ》を倒し、鼻を袖で隠す。

コンクリートジャングルの下層より漂う臭気。

それはインクブスを構成するエナが破壊され、無秩序に混ぜられた破滅的なもの。

戦闘の痕跡《こんせき》である。

「あいつ以外いないだろ」

各々の考えを一刀両断し、端的に述べられる結論。

言い放ったのは、雨を遮る大楯《おおだて》の陰にて腕を組む純白のウィッチであった。

「ナンバー13だと?」

ユグランスより返される平坦《へいたん》な視線。

それに対してウィッチナンバー8、ゴルトブルームは不本意そうに頷く。

ここはナンバー13のテリトリーであり、他のウィッチによる活動は確認されていない。

消去法で彼女しか残らないのだ。

しかし、ナンバーズであっても一夜で殲滅するには地形が悪く、非現実的に思われた。

「仮にそうだとして、あの数を一体どうやって……」

「まぁ、ファミリアだろうね～」

顎《あご》に手を当てて疑問を呈する浅緑の騎士への回答は、傍《かたわ》らの妖狐《ようこ》から成された。

——雨音が満ち、五人は黙して灰色の世界を見下ろす。

しばしの沈黙の後、情報の選別を終えたユグランスが口を開く。

「ファミリアですか」

戦闘の補助的な存在という常識を覆し、単独戦闘可能なファミリアを召喚したとして、エナの消費量は生半可なものではない。

しかし、召喚に伴うエナの急激な増減は観測されなかった。

強力なファミリアの存在を疑うのも無理はない。

「信じられねぇと思うが……あいつはファミリアしか使ってない」

それは百も承知。

「昨日も言ったけど～大きなカブトムシとか、すごいんだよ～」

しかし、複雑な表情を浮かべるゴルトブルームは、男児のように目を輝かせるベニヒメは、見たのだ。

たとえネームドであろうとファミリアの物量と多様性をもって駆逐《くちく》するシルバーロータスを。

「二人が見てるわけだし、私たちが認識を改めるべきなんだろうね」

「目撃者がいるわけだからにゃあ」

スポッティングスコープから目を離したダリアノワールは、パートナーの言葉に頷く。

今まで蓄積してきた情報をテンプレート《常識》としているだけ。

それが不変とは限らない。

そして、これまでシルバーロータスがインクブスを屠《ほふ》ってきた事実は揺るがないのだ。

「確かに、その通りです」

「……お二人が現に見ているわけですものね」

常識に固執していても前進はない。

完全に納得はしていなくとも、無意味な問答を繰り返すより生産的である。

今は地下鉄構内のインクブスを一夜にて滅ぼすという常識の埒外《らちがい》を、いかに実行したか解き明かすべきだった。

「しかし、あの群れを一夜で倒すことができるとはな！」

「閉所だからこそ可能と考えます。シルバーロータス殿のファミリアは接近戦を主眼としていました」

「ベニヒメと我が見ただけでも相当な数じゃ……逃げ場がなければ揉《も》み潰《つぶ》されるじゃろな」

「おぉん、スチームローラーかにゃぁ?」

最終的な意思決定以外の場では、頻繁に言葉を交えるパートナーたち。

簡易的な意思しか伝達できないテレパシーは用いない。

ウィッチへ情報を共有しつつ、推察を行う。

降雨の真《ま》っ只中《ただなか》でも。

「……あれだけの数、どうやって維持しとるんじゃろな」

「召喚時のエナを使い果たせば、通常は消滅するはずです」

エナの変動を見るに召喚は行われていない。

であれば、ファミリアは常時顕現しているということになる。

少数ならエナの供給も可能だろうが、シルバーロータスの率《ひき》いるファミリアを少数とは呼ぶまい。

「謎だね、やっぱり」

「うむ!　こればかりは本人に聞くしかあるまい!」

「はい、本人に聞くべきでしょう」

確実ではあるが、実現の難しい案に間髪容《かんはつい》れず賛同するユグランス。

シルバーロータスの微弱なエナを探し出すことは難しい。

第17話 「残響」

そもそもウィッチは人探しに向いていないのだ。

とんがり帽子を上げ、黒魔女は困惑気味な視線を投げかける。

「また、お茶会に呼ぶのかい？」

「来ないと思うけどな」

言葉を交え、彼女の為人《ひととなり》を一部でも知ったゴルトブルームは、お茶会よりインクブス駆逐を優先するという確信があった。

そもそも、今までの誘《さそ》いを全て断ってきた相手なのだ。

来るはずがない。

「来ないなら迎えに行くまでです——ナンバー9」

「うん？」

狐耳が立ち、紅の傘から雨粒が落つ。

例外的に人探しもできるウィッチはいる。

断片的な情報だけでファミリアからシルバーロータスまでを辿《たど》ったベニヒメが、その例外であった。

「お願いできますか？」

あくまで個人主義のナンバーズが、偶発遭遇や個人の気まぐれ以外でウィッチへ干渉する。

バディ制の復活といい、今までからは考えられない変化であった。

「いいよ。でも――」

翠《みどり》の視線と紫の視線が交錯《こうさく》する。

「今日は帰ろうよ～風邪《かぜ》ひいちゃうよ？」

インクブスの存在が確認できない以上、雨に打たれ続ける意味はない。

まったくもって、その通りである。

◆

草木のない不毛な大地、血のように赤い月が瞬《またた》く空。

彼らにとって不変の景色を無為に監視することは苦行に他ならない。

「交代の時間だ」

急造の物《もの》見櫓《みやぐら》へ風に吹かれながら登った矮躯《わいく》のインクブスは、歩哨《ほしょう》を務める同志へ交代を告げた。

柱に背を預けて寛《くつろ》ぐ同志は、気怠《けだる》げな欠伸《あくび》を一つ。

「ようやくかよ」

そう言って起き上がり、傍らに置いていた護身用のボウガンを拾い上げる。

歩哨にあるまじき態度だと憤《いきどお》る者はいない。

士気が奮わないのも無理はなかった。

第17話 「残響」

「インプの機嫌を窺《うかが》うより気楽だと思うがな」

「どうだか」

最近になって派遣されてきたインプたちは、安全にファミリアを討伐できる優れた術士である。

その認識から特権意識が日に日に増しており、付き合わされるゴブリンたちは辟易《へきえき》としていた。

玩具を独占される機会も増え、不満に拍車がかかっている。

「こんなもん建てたところで無駄なのになぁ」

「ここは俺たちの巣だ。何もしないわけにはいかないだろ」

粗削りの柱を小突きながらゴブリンは鬱屈《うっくつ》とした溜息を漏らす。

歩哨は重要な役目だった。

しかし、今やエナを感知する能力でゴブリンより優れるインプによって、歩哨に仕事は回ってこない。

急造の物見櫓は我々も協力しているというポーズに過ぎなかった。

「なぁ、あの噂《うわさ》聞いたか？」

噂好きの同志は物見櫓を下りず、その場に居座って問うた。

出所が怪しい噂ばかりで真偽も二の次、ただの暇潰しでしかない。

またか、と呆《あき》れながらゴブリンは求められた回答を返す。

「遠征軍の話か？」

頷いてみせる同志は深刻そうな表情を見せ、幾分か声を潜めて言う。

「全滅したらしいぜ」

それを耳にしてもゴブリンは大して動じなかった。

まだ派遣されて時が経《た》っていないからだ。

総勢一〇〇〇を数える遠征軍が早晩全滅するものか、と。

「それの出所はインプだろ？　いつもの出まかせだって」

そもそも全滅したという情報を誰が伝えたというのだ。

インクブスでも抜きん出て性格の悪いインプの虚言に違いなかった。

付き合うだけ馬鹿馬鹿しい。

「いや、違うぜ……第二陣が解散になったのさ。続々と同志が戻ってきてる」

物見櫓から同志を追い出す方法を考えていたゴブリンは、その言葉に動きを止める。

遠征軍の第一陣が築いた拠点より展開する予定だった第二陣。

それが解散されるということは、全滅の噂を虚言と切って捨てることが難しくなる。

「……奴《やつ》らがいない場所を選んだって話だろ？」

生還した偵察隊の証言から安全と判断された場所へ遠征軍は赴いた。

そして、各地の偵察隊との戦いでウィッチが疲弊している間に拠点を築く手筈《てはず》であった。

「災厄のウィッチの罠だった……とかな」

第17話 「残響」

かのウィッチはファミリアを駆り立て、確実に、そして徹底的に、インクブスを滅ぼす。

偵察隊は逃れたのではなく見逃された可能性は否定できない。

唯一異界に侵攻し、数多《あまた》のインクブスを屠ったウィッチならば、あるいは。

「それは考えたくねぇが……」

上から情報が下りてこないゴブリンは噂から連想するしかない。

それが言い知れぬ不安を醸成し、物見櫓の空気は重いものとなる。

ファミリアの脅威から解放されるためには、元凶たるウィッチを倒さなければならない。

その未来が遠のいたのだ。

「これからどうすんだろうな」

第二陣の解散とは、ウィッチ討伐の延期を意味する。

遠征軍の第一陣が全滅したとすれば、その被害は甚大であり、回復には時間を要するだろう。

インクブス全体から見れば一握りだが、数の問題ではない。

第一陣および偵察隊を構成していた者は、群れを統率するような実力者ばかりだった。

影響は計り知れない。

「総長たちは次の手を打ってるらしいぜ！」

重くなる空気を振り払わんと噂好きの同志は努めて大きな声で話す。

インクブスの各総長が連日会合を行い、対策を協議していたことは周知の事実であった。

「次の手？」

久々に悲観的でない話題だが、真偽は二の次な噂に疑いの目を向けるゴブリン。

その視線を受けようと自信ありげな態度を崩さない同志。

「なんでも捕らえたウィッチを……」

下卑《げび》た笑みを浮かべた口が、不意に止まる。

表情を硬くする同志の視線の先には、赤き月の照らす夜空が広がっていた。

不変の景色──否《いな》、月光を背負う漆黒《しっこく》の影があった。

漆黒の外骨格に覆われ、四枚の翅で飛翔《ひしょう》する異形。

七二に及ぶゴブリンの巣を滅ぼし、近辺のインクブスを全て駆逐した災厄。

それが群れを成し、獲物と苗床《なえどこ》を求めて再び襲来したのだ。

「敵襲！」

「くそっインプの奴ら昼寝でもしてんのか！」

ボウガンを手に取り、備えられた銅鑼《どら》を打ち鳴らす。

腹底に響く銅鑼の音すら飲み込む重々しい羽音。

インクブスを狩る者たちは疲労など存在しないかのように連日連夜、襲来する。

その度に戦術を変化させせながら──

書き下ろし短編

「輔翼」

ウィッチと共にインクブスと戦う正義の味方。

助言を行い、時に諫《いさ》め、相談に乗る――それがパートナーというものだ。

しかし、レギの名を授けられたパートナーは、少女が守役《もりやく》を求めていないと知っている。

ベッドの縁《ふち》に座る少女は、鼻歌交じりに右手を動かす。

底抜けに優しく、どこか物悲しい子守唄。

本人は姉として振舞っているつもりだが、まどろむ妹の頭を愛《いと》おしそうに撫《な》でる姿は母そのもの。

普段の彼女は感情の起伏が少なく、何事も平静に処理してしまう。

ただ、心を許した家族の前では別だ。

「姉ちゃん……いる？」

今に瞼《まぶた》が落ちそうな妹は、頭を撫でる手に触れて問い掛ける。

姉たる少女は鼻歌を止め、妹の耳元に顔を近づけた。

その際、長い黒髪が垂れないよう耳に掛けて。

「いるよ」

細い喉が奏《かな》でる声は、年相応だ。

しかし、落ち着いた雰囲気と相まって幼さは感じない。

「大丈夫、安心して」

「うん……」

手から伝わる温《ぬく》もりに安心した妹は、静かに目を閉じた。

そして、一分と経《た》たずに可愛《かわい》らしい寝息が聞こえてくる。

今日も友人と存分に遊び、疲れていたのだろう。

そんな微笑《ほほえ》ましい日常は、傍《かたわ》らに座る姉が堅守している。

「お休みになりましたね」

アダンソンハエトリの姿を模したパートナーは、テーブルライトの下からウィ、ハ、ッチ、を見上げる。

小さな手を離し、妹の頭を撫でる彼女の横顔は、まだ穏やかだった。

「ああ」

短く応答し、華奢《きゃしゃ》な人影がベッドの縁より離れる。

柔らかな照明の光から離れた時、彼女の纏《まと》う雰囲気は変質していた。

そこに佇《たたず》む存在は、姉でも母でもない。

「行くぞ」

レギが仕えるウィッチ、シルバーロータスだ。

姿こそ東蓮花《あずまれんか》という少女だが、口元の微笑みは消え、瞳に宿る光は刃《やいば》の如《ごと》く鋭い。

「はい」

差し出された左手に飛び移り、定位置の肩上《かたうえ》まで登る。

そして、先程の表情からは想像もつかない無表情の横顔を見遣《みや》った。

未熟者であり、異端者である己を受け入れた時から、それは変わらない。

「増援の数に変化はないか」

「はい、ゴブリンが二四体のまま変わりません」

寝室を後にして、玄関へ向かう蓮花の問いにレギは淀《よど》みなく答える。

ファミリアより届くテレパシーを処理し、インクブスを駆逐《くちく》すべく作戦を立てる。

その補佐がレギの仕事だった。

「仕掛けますか？」

「いや、私が到着するまで待機だ。予定通り、誘《おび》き出《だ》してから包囲して潰す」

シルバーロータスに戦意を奮い立たせる言葉は不要だ。

その黒い瞳には静かな闘志が宿っている。

レギに求められる役割は、軍隊における参謀に近い。

「では、移動は空から？」

静寂《せいじゃく》に満ちた玄関でスニーカーに足を通し、蓮花は吐息を漏らす。

「ああ、こちらの存在を連中に認識させる」

玄関のドアが開かれ、青い月光が射《さ》し込《こ》む。

夜空に浮かぶ雲は疎《まば》らで、飛行するファミリアの捕捉は容易だろう。

目的地の小学校は市内に存在するため、昼間は飛行できない。

一般人の外出が禁止される夜間だからこそ可能な作戦だ。

「分かりました」

レギはシルバーロータスの立案した作戦を了承する。

この戦いが人々に知られることはないだろう。

彼女は表舞台へ立つことを許されない——インセクト・ファミリアを率《ひき》いるが故《ゆえ》に。

しかし、夜道を迷いなく進む少女は、評価も称賛も望まなかった。

どれだけ人命を救い、どれだけ傷つこうとも。

ウィッチの望みを尊重する以上、パートナーは沈黙する他ない。

「……そろそろ公園ですね」

頼りない街灯の光を潜《くぐ》り、公園を囲うフェンスが視界に入ってくる。

昼間は親子連れが利用する憩いの場は、木々の影に覆われて闇が深い。

「ヤママユがは？」

「上空で待機しています」

小学校までの移動手段は、月下の空を悠々と旋回していた。

書き下ろし短編　「輔翼」

その巨影を映す黒い瞳が紅《くれない》へ染まる。

公園の出入口を通り過ぎ、レギは微弱なエナの流動を感知した。

「そうか」

その返答を合図に、東蓮花を無色のエナが包む。

風に靡《なび》く黒髪から色が抜け、純銀に染まっていく。

黒を基調とする部屋着の輪郭が揺らぎ、白磁《はくじ》のポンチョとロングスカートが形作られる。

それらは木々の隙間より注ぐ月光を反射し、周囲の闇を払う。

まるで大輪の花びらのよう——その輝きを鼠色《ねずみいろ》のオーバーコートが覆い隠す。

一般的にウィッチは絢爛《けんらん》な装束《しょうぞく》を好むとされるが、彼女は違った。

最低限の装飾《そうしょく》しか許さず、市街地で目立ちにくい外套《がいとう》を纏う。

堅牢《けんろう》な作りのロングブーツを履き、武骨なククリナイフを腰から下げる。

無駄を削《そ》ぎ落《お》とし、インクブスを駆逐《くちく》するために全力を注ぐ。

そんなシルバーロータスをレギは心から敬愛している。

「それと——ヤママユガではなく、ミラドールですよ」

「……そうか」

ファミリアに付けた渾身《こんしん》の名前を覚えてもらえない一点を除いて。

書き下ろし短編

「魅了」

人形の蒐集癖《しゅうしゅうへき》があった少女は、見目麗《みめうるわ》しいウィッチという存在に強く惹《ひ》かれた。

彼女たちの写真を熱心に収集し、自身がウィッチとなってからは危険地帯で自ら撮影を行うようになった。

あらゆる知覚から消失するマジックがあれば容易なことだ。

だからこそウィッチナンバー411、アリスドールは油断した。

その小さな綻びが致命的な結果を招く。

インクブスという悪辣《あくらつ》な敵は、浅慮なウィッチを容易く窮地へ追い込んだ。

隙を晒《さら》すことで攻撃を誘い、エナを消耗させてマジックを不発させる。

手練《てだ》れのオークは勝利を確信し、アリスドールを蹂躙《じゅうりん》する――はずだった。

「必要以上に怖がる必要はないと思うんです」

暗転した世界に声が響く。

声帯を震わせたわけではない独特の発声は、ウィッチのパートナーのものだ。

「アズールノヴァさんは特別としても、ファミリアは正義の味方ですよ？」

「そうだな」

それに応答するのは、幼げでありながら無邪気さの欠片《かけら》もない声。

徐々にアリスドールの意識が浮上し、周囲の音が鮮明になっていく。

鼓膜を叩《たた》く水音、そして何かを引き裂く異音。

「気絶されるのは心外です」

「仕方ないって結論で納得しただろう」

「そ、それは、そうなんですけど……」

パートナーと言葉を交える者は、間違いなくウィッチだ。

しかし、その感情を抑えた冷静な声色は、成熟した大人の存在を感じさせる。

「感謝されるためにやっているわけじゃない」

「むう……」

他者の評価に無頓着なウィッチに、パートナーは釈然としない様子だった。

そんな両者の間に割って入る羽音。

鳥ではない。

大気を高速で叩く音は虫に似ているが、音量が段違いだ。

それは不意に止まり、周囲を反響する謎の水音だけが残された。

「……オークが苗床《なえどこ》で大丈夫ですか?」

「心配か」

「当然です！　ファミリアですから」

苗床という単語の意味がアリスドールは理解できない。

少なくとも彼女のパートナーは使わない単語だった。

聴覚に次いで嗅覚が戻り、噎《む》せ返《かえ》るような血臭に思わず眉を顰《ひそ》める。

「強《したた》かなヤドリバエのことだ。上手《うま》くやる」

ウィッチは、確かにハエと言った。

アリスドールの意識が急速に覚醒へと向かう。

今まで意識を失っていた理由——それは大型犬ほどもある昆虫の群れだ。

恐怖で顔を歪《ゆが》めるオークを飲み込んだ黒い輝き、蠢《うごめ》く無数の脚。

大小に関係なく昆虫を苦手とするアリスドールは、その光景を目の当《ま》たりにして失神したのだ。

「そうですね……あと、セイブルブリーズですよ」

会話は耳に入らず、咀嚼音が響くたびに四肢が強張《こわば》った。

オークを捕食した群れが次に狙う獲物は誰か？

そんな被害妄想を抱いたアリスドールは、状況を確認せんと恐る恐る目を開く——

「……あれ？」

夜空を仄《ほの》かに照らす三日月が見え、困惑の声が漏れる。

アリスドールの記憶では、失神した場所は夜空の見えぬ倉庫だった。

書き下ろし短編　「魅了」

額に残る鈍痛は、失神する間際に見たコンクリートの床が原因に違いない。

咀嚼音《そしゃくおん》、そして重々しい羽音に混じって葉擦れの音が聞こえる。

ここは屋外だ。

「私……なんで……？」

混乱するアリスドールは、額を押さえながら起き上がる。

まだ微《かす》かに視界は揺れているが、周囲の状況を確認する必要があった。

「うぉぉぉぉぉ！」

「ひっ」

大音量のウォークライが大気を震わせ、反射的に体が硬直する。

視線を向けた先には、肉塊があった。

否《いな》、それは腹を開かれ、脚を千切《ちぎ》られ、なお斃《たお》れないオークの戦士だ。

それを囲う血塗《ちまみ》れのハリアリが、大顎《おおあご》を打ち鳴らして威嚇《いかく》する。

「まだ生きていたか」

幼い声が響き、鼠色《ねずみいろ》の人影がアリスドールの視界を塞《ふさ》ぐ。

オーバーコートを纏《まと》おうと華奢《きゃしゃ》な体躯《たいく》から少女と分かる。

飾り気のない武骨なククリナイフをインクブスへ向け、微弱なエナを放つ存在。

少女は、ウィッチだ。

主《あるじ》の指し示した敵へファミリアが一斉に襲い掛かる。

「やめ、てぐぅれぇぇ――」

瞬《また》く間《ま》にオークを覆い隠した漆黒《しっこく》は、獲物の肉を抉《えぐ》り、臓物《ぞうもつ》を噛《か》み千切《ちぎ》る。

太い首と胴が泣き別れし、赤い噴水が夜空を彩った。

絶命したオークの姿が大地へ沈み、咀嚼音だけが響く。

恐怖に顔を引《ひ》き攣《つ》らせるアリスドールは、すぐ背後に異形の気配を察する。

逃げ場はないと悟り、心臓が早鐘を打つ。

「あ、あなたはっ」

震える喉は上手く言葉を紡げない。

それでも問い掛けなければ、恐怖と不安に圧《お》し潰《つぶ》されそうだった。

「ウィッチ……なんですか?」

無価値な問いを受け、小さな溜息《ためいき》が漏れ聞こえた。

不意に咀嚼音が途絶え、不気味な静寂《せいじゃく》が場に満ちる。

息を呑《の》むアリスドールの眼前で、鼠色のフードが取り払われた。

「え……?」

夜空に溢《あふ》れた銀髪が、微かな月光を帯びて闇を払う。

まるで脱皮だ。

アリスドールの姿を映す紅《あか》い瞳は、理知的な光を宿している。

そして、薄桜色の柔らかな唇が言葉を紡ぐ。

書き下ろし短編 「魅了」

「ウィッチだ」
それは彼女にとって敵意がないことを示す一つの手段でしかなかった。
しかし、アリスドールには期待以上の効果を発揮する。
異形の蠢《うごめ》く地獄で、何者にも汚《けが》せない神秘的な姿。
ビスクドールの如《ごと》き容姿のウィッチは、非現実的なまでに美しかった。
アリスドールの瞳から恐怖は消え、陶然とした眼差《まなざ》しを送る。
「……お、お名前は」
熱に浮かされたように問い掛けるアリスドール。
思わぬ反応に目を瞬《またた》かせるも、異端のウィッチは淡々と答えた。
「シルバーロータスだ」
彼女と遭遇した者の多くは、彼女を忌避《きひ》する。
インセクト・ファミリアを従え、インクブスを惨殺する姿は本能的な恐怖を抱かせる。
しかし、何事にも例外は存在するものだ。
沼の澱《よど》みが深ければ深いほど、そこに咲く蓮花《れんか》の美しさは際立つ。
一度、その姿を見た者は、追い求めずにはいられなくなる。
アリスドールのように。

あとがき

初めまして、バショウ科《か》バショウ属《ぞく》と申します。

長ったらしいペンネームなので、適当に略してババとでもお呼びください。

ご存知の方もいらっしゃるかもしれませんが、バショウ科バショウ属はバナナの分類名です。どうでもいいですね。


当初、本作はカゲロウの成虫よりも儚《はかな》い短編となる予定でした。

WEB版を投稿した時は、まさか書籍化するとは夢にも思っていませんでした。

一年前は「書籍化するわけないじゃん」と自信満々に宣《のたま》っておりました。

なぜ蟲《むし》が味方の魔法少女モノがないのか、という素朴《そぼく》な疑問が全ての始まり。基本的に蟲とは悪役で、主役の引き立て役として散っていきます。衛生害虫に分類される蟲は確実に悪役、悲しいですね。

そんな風潮に対し「あんなに可愛いのに何故！」と憤《いきどお》りを覚え、執筆に取り掛かりました。

喋《しゃべ》って人化する蟲は許さないとか、魔法より大顎《おおあご》と毒針《どくばり》で戦えとか、ハエトリグモが可愛いとか、様々な葛藤《かっとう》と戦い、軽率に性癖を詰め込んでいきました。

その結果、出来上がったのが『捕食者系魔法少女《ほしょくしゃけいまほうしょうじょ》』です。と言っても、コマユバチが

あとがき

羽化するシーンまでしか書いていませんでしたが。

あの時、応援して下さる方々がいなければ、短編のまま終わっていたでしょう。WEB版からの読者の皆様には、感謝してもしきれません。皆様が送って下さった応援の数々が、ここまで蟲たちを連れてきました。屍《しかばね》となったインクブスたちも報《むく》われるでしょう。

これからもWEB版は執筆していきますので、どうぞよろしくお願い致します。


今回の書籍化に当たっては様々な方のお世話になりました。

まず、担当編集者様とファミ通文庫編集部の皆様。初めての書籍化で右も左も分からない私が、刊行まで辿り着けたのは皆様のおかげです。この場を借りてお礼申し上げます。

素晴らしいイラストを描いてくださった東西《とうざい》先生。キャラたちがイラストになる瞬間の感動は忘れません。そして、たくさん蟲の画像を送りつけて申し訳ありませんでした。

何かと相談に乗ってくださったY先生。おかげさまで校正作業を最後までやり切ることができました。目指せアニメ化とのことですが、私の目下の目標は続刊です。

WEB版の担当編集者である兄者《あにじゃ》。『捕食者系魔法少女』の構想を共に練ってくれてありがとう。これからも創作談義に付き合ってください。

最後に、こうして本を手に取ってくださった皆様、本当にありがとうございました。

また、どこかでお会いできることを願っています。

バショウ科バショウ属

捕《ほ》食《しよく》者《しや》系《けい》魔《ま》法《ほう》少《しよう》女《じよ》

2024年3月29日　初版発行

著　者　バショウ科《か》バショウ属《ぞく》
イラスト　東西
発行者　山下直久
発　行　株式会社KADOKAWA
〒102-8177 東京都千代田区富士見2-13-3
電話 0570-002-301（ナビダイヤル）

編集企画　ファミ通文庫編集部
デザイン　AFTERGLOW
写植・製版　株式会社オノ・エーワン
印　刷　TOPPAN株式会社
製　本　TOPPAN株式会社

●お問い合わせ
https://www.kadokawa.co.jp/（「お問い合わせ」へお進みください）
※内容によっては、お答えできない場合があります。
※サポートは日本国内のみとさせていただきます。
※Japanese text only

 ISBN978-4-04-737846-9 C0093 定価はカバーに表示してあります。